COLLECTION FOLIO

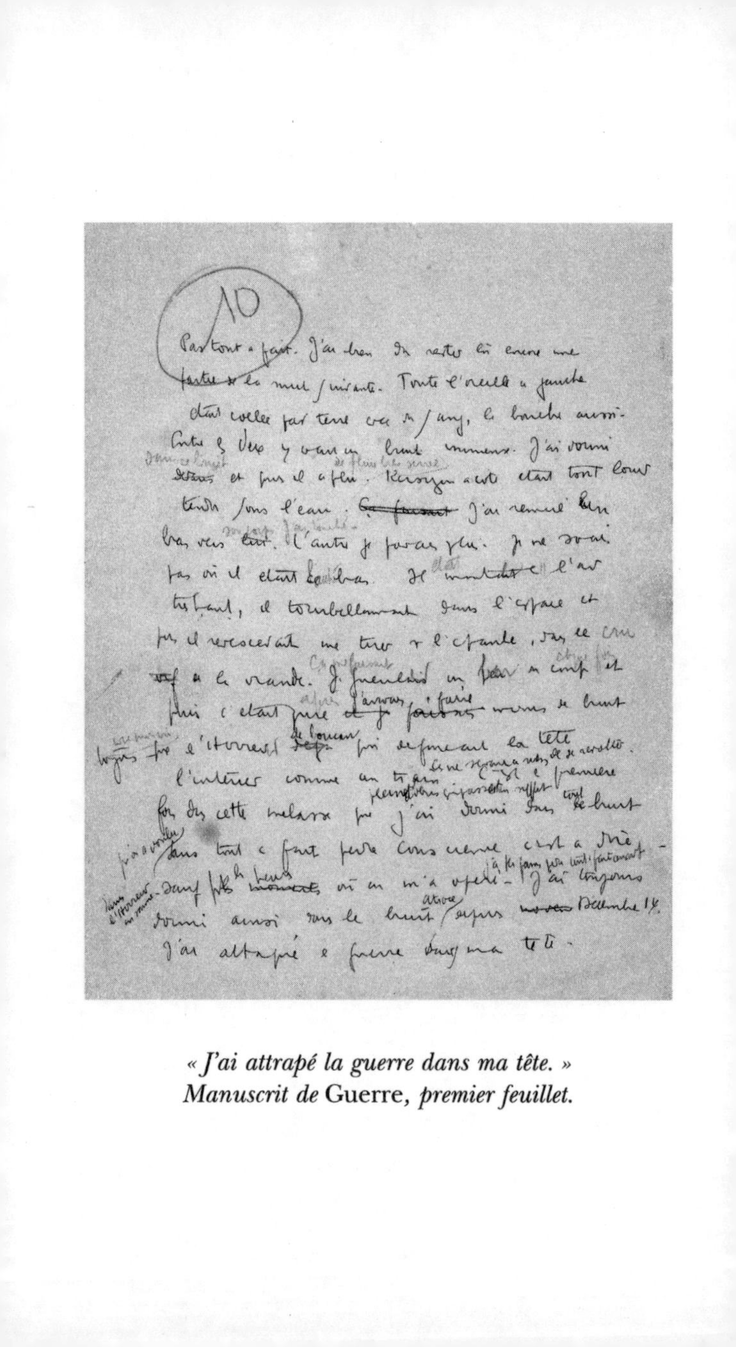

« J'ai attrapé la guerre dans ma tête. »
Manuscrit de Guerre, *premier feuillet.*

Louis-Ferdinand Céline

Guerre

Édition établie par Pascal Fouché

Avant-propos de François Gibault

Gallimard

Louis Ferdinand Destouches est né à Courbevoie le 27 mai 1894, de Fernand Destouches, employé d'assurances originaire du Havre, et de Marguerite Guillou, commerçante. Son grand-père Auguste Destouches avait été professeur agrégé au lycée du Havre.

Son enfance se passe à Paris, passage Choiseul. Il fréquente les écoles communales du square Louvois et de la rue d'Argenteuil, ainsi que l'école Saint-Joseph des Tuileries. Nanti de son certificat d'études, il effectue des séjours en Allemagne et en Angleterre, avant d'entreprendre son apprentissage chez plusieurs bijoutiers à Paris et à Nice. Il devance l'appel du service militaire et s'engage en 1912 dans le 12ᵉ régiment de cuirassiers, en garnison à Rambouillet. Une blessure dans les Flandres, en 1914, lui vaut la croix de guerre, la médaille militaire et une invalidité à 70 %.

Après un séjour à Londres, il est engagé comme agent commercial dans l'ancienne colonie allemande du Cameroun en 1916.

Atteint du paludisme, il rentre en France en 1917, passe son baccalauréat en 1919, puis fait ses études de médecine à Rennes et à Paris et soutient sa thèse en 1924.

De 1924 à 1928 il travaille à la Société des Nations, qui l'envoie aux États-Unis et en Afrique de l'Ouest.

À partir de 1927, il est médecin dans un dispensaire à Clichy.

En 1932 il publie *Voyage au bout de la nuit* sous le pseudonyme de Céline et reçoit le prix Théophraste-Renaudot.

En 1936 paraît son deuxième roman, *Mort à crédit.* Après un voyage en URSS il publie *Mea culpa*, puis en 1937 et 1938 *Bagatelles pour un massacre* et *L'École des cadavres.* La déclaration de guerre le trouve établi à Saint-Germain-en-Laye. Il part comme médecin à bord du *Chella*, qui fait le service entre Marseille et Casablanca. Le *Chella* heurte un patrouilleur anglais, qui coule devant Gibraltar. Céline regagne Paris et remplace le médecin de Sartrouville, alors mobilisé.

Il fait l'exode de 1940 en ambulance avec des enfants, il revient ensuite à Paris et s'occupe du dispensaire de Bezons. Il publie en 1941 *Les Beaux Draps* et en 1944 *Guignol's Band.*

De 1944 à 1951, Céline, exilé, vit en Allemagne et au Danemark, où il est emprisonné en décembre 1945. Amnistié, il revient en France et s'installe à Meudon, où il poursuit son œuvre (*Féerie pour une autre fois, D'un château l'autre, Nord, Rigodon*). Il meurt le 1er juillet 1961.

En 2021, soixante ans après sa mort, près de 6000 feuillets disparus à la Libération sont retrouvés et donnent lieu à la publication de trois textes inédits aux Éditions Gallimard : *Guerre* (2022), *Londres* (2022) et *La Volonté du Roi Krogold* (2023).

AVANT-PROPOS

Soixante ans après sa mort, voici qu'est publié un roman inédit de Céline, dont l'action se situe durant la Grande Guerre et qui porte plus précisément sur la blessure de l'auteur et ses suites. Ces deux cent cinquante feuillets ont été évoqués sous le titre de *Guerre* par Céline lui-même dans une lettre à son éditeur Robert Denoël, datée du 16 juillet 1934 : « J'ai résolu d'éditer *Mort à crédit*, 1er livre, l'année prochaine *Enfance, Guerre, Londres.* »

Ce livre tient à la fois du récit et du roman. Un récit qui, au fil des pages, devient de plus en plus romancé.

Au tout début du livre, Céline raconte que, grièvement blessé au bras droit et très probablement à la tête, le 27 octobre 1914, en Belgique, à Poelkapelle, gisant sur le sol et couvert de sang, il avait perdu de temps à autre connaissance, avec des morts autour de lui, crevant de faim et de soif, avant de parvenir enfin à se mettre debout.

Ces pages ont un accent de vérité qui donne à penser qu'il s'agit de la relation de souvenirs vrais, y compris lorsqu'un soldat anglais lui vient en aide, avec lequel il parle anglais et grâce auquel il parvient à regagner nos lignes.

Dans une lettre qu'il adressa le 5 novembre 1914 à son frère Charles, le père de Louis Destouches écrivait :

> Il a été frappé sous Ypres au moment où, sur la ligne de feu, il transmettait les ordres de la division à un colonel d'infanterie.
>
> La balle qui l'a atteint par ricochet était déformée et aplatie par un premier choc ; elle présentait des bavures de plomb et des aspérités qui ont occasionné une plaie assez large, l'os du bras droit a été fracturé. Cette balle a été extraite la veille du jour où nous avons pu parvenir jusqu'à son chevet ; il n'a pas voulu qu'on l'endorme et a supporté l'extraction douloureuse avec beaucoup de courage.

Dans cette même lettre, Fernand Destouches expliquait que son fils avait dû faire sept kilomètres à pied pour rencontrer le deuxième échelon des ambulances où la fracture avait été réduite. « Il devait aller d'Ypres à Dunkerque dans un convoi mais il n'a pu aller jusqu'au bout du trajet tellement la douleur était vive, il lui a fallu descendre à Hazebrouck où un officier anglais l'a conduit à la Croix-Rouge. »

Le capitaine Schneider, commandant le 2e escadron du 12e régiment de cuirassiers, dans lequel servait Louis Destouches, écrivit au père de ce dernier :

> Votre fils vient d'être blessé, il est tombé en brave, allant au-devant des balles avec un entrain et un courage dont il ne s'est pas départi depuis le début de la campagne.

Ce comportement héroïque est confirmé par la citation qui lui fut ensuite décernée :

> En liaison entre un régiment d'infanterie et sa brigade, s'est offert spontanément pour porter sous un feu violent un ordre que les agents de liaison de l'infanterie hésitaient à transmettre. A porté cet ordre et a été grièvement blessé au cours de sa mission.

Cette action lui valut, dès le 24 novembre, d'être décoré de la médaille militaire, légion d'honneur des sous-officiers et hommes de troupe, puis de la croix de guerre dès sa création, en avril 1915.

Les premières pages du livre correspondent donc bien à ce qui s'est effectivement passé à

Poelkapelle le 27 octobre 1914, encore qu'un doute subsiste sur les circonstances d'un choc à la tête que Céline semble bien avoir reçu le même jour, projeté contre un arbre à la suite d'une explosion. Cette blessure n'a jamais été homologuée mais il n'est pas douteux que Céline s'est plaint pendant toute sa vie de névralgies, accompagnées de violents acouphènes, comme si un train lui passait dans la tête.

Marcel Brochard, qui connut Louis Destouches à Rennes, parlait d'une altération du tympan due au fracas des explosions du champ de bataille. Quant à son beau-père, le Pr Follet, il attribua ces malaises à un bouchon de cérumen et pratiqua une insufflation tubaire qui provoqua une aggravation du mal. Plus tard, Élie Faure, qui était médecin, pencha pour la maladie de Ménière à laquelle se réfère Céline dans plusieurs de ses écrits.

Mme Helga Pedersen, ancienne ministre danoise de la Justice et ancienne présidente de la Fondation Mikkelsen, a mis à ma disposition un document qu'elle détenait, écrit de la main de Céline, qui constitue une sorte de bilan de santé et dans lequel on peut lire :

> TÊTE. Mal de tête permanent (ou à peu près) (céphalée) contre lequel toute médication est à peu près vaine. Je prends huit cachets

> de gardénal par jour – plus deux cachets d'aspirine, on me masse la tête tous les jours, ces massages me sont très douloureux. Je suis atteint de spasmes cardio-vasculaires et céphaliques qui me rendent tous efforts physiques impossibles – (et la défécation).
>
> Oreille : complètement sourd oreille gauche avec bourdonnements et sifflements intensifs ininterrompus. Cet état est le mien depuis 1914 lors de ma première blessure lorsque je fus projeté par un éclatement d'obus contre un arbre.

Lucette Almansor, qui partagea la vie de Céline de 1935 jusqu'au décès de l'écrivain en 1961, confirmait les douleurs à la tête dont il a fait mention dans plusieurs de ses romans et dans beaucoup de ses lettres.

La légende a voulu qu'il ait été trépané, légende qu'il a laissée courir sans jamais la démentir. Ainsi, dans la préface de la première édition de *Voyage au bout de la nuit* dans la collection de la Pléiade en 1962, le Pr Henri Mondor, lui-même médecin, parlait de « fracture du crâne », de sa « pauvre tête fracturée », de son « crâne cassé », de sa « fêlure du crâne ». Céline ne l'a pas détrompé lorsque le texte lui a été communiqué.

Et Marcel Aymé, dans les *Cahiers de L'Herne*, écrivit pour sa part : « Par suite d'une trépanation nécessitée par une blessure à la tête, trépanation qu'il disait avoir été mal faite, il avait toujours souffert de violentes migraines. » Il reste que la version de Céline selon laquelle il aurait subi un choc à la tête est la plus vraisemblable – et les premières pages de *Guerre* paraissent correspondre à la vérité.

Il est plus difficile ensuite de faire le partage entre la réalité et la fiction, notamment pour tout ce qui concerne Peurdu-sur-la-Lys, c'est-à-dire Hazebrouck, où Louis fut hospitalisé.

L'un des personnages importants de cette partie du roman est l'infirmière L'Espinasse, qui semble profiter de la situation pour se livrer sur des blessés à des pratiques que la morale réprouve. Il faut à ce sujet faire à nouveau le partage entre la légende et la réalité... Et à ce titre, *Guerre* ne peut alimenter sérieusement les rumeurs selon lesquelles une infirmière nommée Alice David aurait donné le jour à une fille dont Céline serait le père. Beaucoup ont fantasmé à ce sujet depuis la découverte du manuscrit, évidemment sans l'avoir lu, certains allant jusqu'à soutenir que Céline y avouait sa paternité, ce qui n'est aucunement le cas.

Nous savons en revanche, et depuis très longtemps, qu'une dame Hélène Van Cauwel, épouse d'un pharmacien installé au 29 de la rue de l'Église à Hazebrouck, reçut chez elle le maréchal des logis Destouches, quand il avait des permissions, et qu'une infirmière, Alice David, s'était prise d'amitié pour lui, et sans doute un peu plus. Selon cet unique témoin, décédé centenaire, non seulement Céline aurait été l'amant d'Alice, mais il en aurait eu une fille, que personne n'a jamais vue.

Pierre-Marie Miroux, célinien et chercheur de qualité, a effectué de longues et minutieuses recherches dans le nord de la France sans parvenir à confirmer cette information, qui ne lui semble pas correspondre à la vérité.

Alice David avait quarante ans, Louis Destouches en avait vingt, nul ne lui a jamais connu d'amant, elle était très religieuse et a toujours vécu dans une maison de famille qu'elle partageait avec plusieurs de ses frères dont l'un au moins était prêtre. Et, dans les quelques lettres qu'elle a adressées à Louis quand il a quitté Hazebrouck, il n'a jamais été question d'un enfant, même par allusion. S'il est vrai que sa lettre du 9 février 1915 s'achevait par « bonsoir mon chéri », la lettre précédente, du 31 janvier, s'achevait ainsi : « Au revoir mon frère chéri, votre grande vous remercie de votre lettre, et vous embrasse de tout cœur. – À quand votre photo ? »

Enfin, Pierre-Marie Miroux a trouvé l'acte de notoriété établi par le notaire chargé de la succession d'Alice David, décédée en 1943, document duquel il apparaît qu'elle a laissé pour seul héritier son frère, le chanoine Maurice David, argument auquel on peut évidemment objecter que l'enfant aurait pu décéder avant sa mère.

Il n'est évidemment pas exclu qu'Alice David ait été le modèle de la L'Espinasse, mais il s'agit d'un personnage très différent d'Alice David, vieille fille sentimentale et très religieuse, pour ne pas dire bigote.

Guerre s'achève par un départ en Angleterre pour le moins rocambolesque et que nous savons de pure invention, bien qu'il soit avéré qu'une fois rétabli Louis Destouches partit à Londres, où il travailla au Consulat général de France de mai à décembre 1915. Il y est du reste retourné pour se marier avec Suzanne Nebout le 19 janvier 1916. C'est aussi d'Angleterre, de Liverpool précisément, qu'il s'embarqua le 10 mai 1916 sur le *RMS Accra* de la British and African Steam Navigation Company, à destination de Douala au Cameroun.

Il n'y a jamais eu de concordance exacte entre les événements vécus par Céline et leur évocation dans ses romans. N'a-t-il pas raconté l'Afrique et les États-Unis dans *Voyage au bout de la nuit*, publié en 1932, avant son enfance passage de Choiseul et son premier séjour en Angleterre, qui n'apparaissent qu'en 1936 dans *Mort à crédit*? Et Berlin dans *Nord* après avoir évoqué Sigmaringen dans *D'un château l'autre*?

Et le séjour à Londres dans *Guignol's band*, de nombreuses années après y avoir vécu ?

Certains objecteront que les événements rapportés dans *Guerre* auraient eu leur place dans *Voyage au bout de la nuit*, ce qui est chronologiquement exact. Il n'est cependant pas douteux que ces chapitres ont été écrits après la publication du *Voyage*. Céline estimait celui-ci achevé. Il ne s'agit donc pas d'extraits de son premier roman que Céline, pour une raison ou une autre, en aurait exclus. Au dos d'une page du manuscrit figure l'adresse californienne d'Elizabeth Craig à l'époque de leur rupture, soit en 1933-1934, indice qui autorise à le dater postérieurement au roman qui obtint en 1932 le prix Renaudot.

La réapparition de ce texte et d'autres manuscrits inédits, tous volés dans l'appartement de Céline à l'époque de la libération de Paris, a fait couler beaucoup d'encre. Ils ont été restitués aux héritiers de Lucette Almansor, veuve et unique héritière de Céline, qui en était propriétaire, alors que leur détenteur s'était engagé, c'est du moins ce qu'il a déclaré aux enquêteurs, à ne pas les lui remettre – ce qui constitue la preuve qu'il savait qu'elle en était bien la légitime propriétaire. À cela il convient d'ajouter que, du fond de sa prison danoise, Céline s'était plaint d'avoir été volé de plusieurs manuscrits dont la liste correspondait bien à ceux qui sont aujourd'hui entre les mains de ses héritiers.

Il n'est pas opportun de rapporter ici les circonstances dans lesquelles le manuscrit de *Guerre*, en même temps que d'autres manuscrits de Céline, dont celui de *Mort à crédit*, est entré en possession des héritiers de Lucette Almansor. Mais il n'est pas douteux que c'est la première fois que, tant d'années après la mort d'un écrivain, en l'espèce soixante ans, des textes de cette importance sont retrouvés et peuvent ainsi être publiés par les titulaires du droit moral attaché à son œuvre, qui ont veillé à ce qu'ils soient portés à la connaissance du public aussi rapidement et aussi scrupuleusement que possible.

S'agissant de *Guerre*, le manuscrit révèle une écriture très rapide, manifestement de premier jet, dont beaucoup de mots ont été déchiffrés avec difficulté et quelques-uns, heureusement assez rares, sont demeurés illisibles. Le manuscrit de *Voyage au bout de la nuit*, qui a été vendu à l'Hôtel Drouot le 15 mai 2001 et qui fut préempté par la Bibliothèque nationale de France, est écrit de façon beaucoup plus lisible et sage que celui de *Guerre*. Mais c'était le dernier état du livre, recopié par Céline lui-même, destiné à sa secrétaire de l'époque, Jeanne Carayon, chargée de dactylographier l'exemplaire destiné aux maisons d'édition.

D'autres textes issus des manuscrits seront publiés ultérieurement sous la direction d'Henri Godard et de Régis Tettamanzi, à savoir *Londres,* des compléments à *Casse-pipe* et *La Volonté du Roi Krogold* – ce dernier titre étant souvent cité dans d'autres œuvres de Céline, à commencer par *Mort à crédit.* Le texte de *Londres* constitue, à l'évidence, une suite de *Guerre,* dont le dernier chapitre relate le départ du narrateur pour Londres, à l'invitation d'un riche major britannique, amant occasionnel d'Angèle, ancienne maîtresse de Cascade – celui-ci ayant été fusillé pour mutilation volontaire après qu'elle l'eut dénoncé aux autorités militaires.

Cet ultime épisode montre à lui seul combien ce roman inédit est célinien, tant par le voisinage constant du tragique et du comique qu'en raison du fait que Céline y exprime, comme il l'avait fait dans *Voyage au bout de la nuit,* son horreur de la guerre et de la mort, qui sont des constantes de toute son œuvre.

Céline a côtoyé la mort à maintes reprises, pendant la Grande Guerre sur le front et dans les hôpitaux où il a été soigné, sur *Le Chella* en 1939, pendant son séjour en Allemagne, d'août 1944 à mars 1945, et plus encore dans l'exercice de sa profession de médecin.

Louis Destouches est revenu du front mutilé dans sa chair et dans son esprit et, comme tous les anciens combattants de la Grande Guerre, imprégné de l'idée du « plus jamais ça » et de l'espérance qu'il s'agissait bien de la « der des der ».

C'est pour tenter d'éviter le retour de semblables horreurs que Céline a écrit *Voyage au bout de la nuit*, mais ce ne sont malheureusement pas les écrivains, si talentueux soient-ils, qui changeront le monde.

Le maréchal des logis Destouches a donc été le témoin de la Seconde Guerre mondiale, puisque l'Allemagne et la France, ces deux nations chrétiennes, n'ont pas attendu plus de vingt ans pour se jeter une nouvelle fois l'une contre l'autre – ce qui valut aux lecteurs de Céline ses trois derniers chefs-d'œuvre, *D'un château l'autre* (1957), *Nord* (1960) et *Rigodon*, paru après sa mort, en 1969, trilogie tragique autant que comique, dans laquelle il évoque l'agonie de Berlin sous les bombes, les derniers soubresauts de l'État français à Sigmaringen, et sa fuite avec sa femme Lucette et leur chat Bébert à travers l'Allemagne en feu, trilogie qui constitue la géniale apothéose d'une œuvre comparable à aucune autre.

FRANÇOIS GIBAULT

NOTE SUR L'ÉDITION

Le texte de cette édition reprend celui qui a été publié dans la « Bibliothèque de la Pléiade » (dans *Romans 1932-1934*, édition établie par Henri Godard, avec Pascal Fouché et Régis Tettamanzi, Gallimard, 2023).

Guerre a été transcrit d'après un manuscrit de premier jet, le seul connu, qui comporte de nombreux repentirs et ratures et dont certaines pages ont fait l'objet de corrections. Le texte présenté ici en restitue le dernier état de rédaction, à l'exception de quelques rares cas où une correction illisible a pu être remplacée par la version précédente.

Bien conservé, le manuscrit est divisé en six « séquences ». La première, de trente-huit pages, comporte le chiffre 10 entouré en haut de la première, ce qui pourrait signifier qu'elle vient à la suite d'une autre ; ses premiers mots renforcent cette hypothèse. Sa dernière page, la seule qui mentionne la ville de Noirceur-sur-la-Lys, laisse penser qu'il a pu y avoir plusieurs temps dans la rédaction. Bien que sa dernière phrase ne soit plus cohérente avec la suite du manuscrit, nous avons fait le choix de la conserver en la singularisant (elle a été placée entre deux accolades). La deuxième séquence, de soixante et onze pages, comporte en tête le chiffre 1 au crayon bleu. La troisième, de trente-sept pages, le chiffre 2 au crayon bleu. La quatrième, de trente-deux pages, la mention 2´ au crayon bleu. La cinquième, de vingt et une pages, le chiffre 3 au crayon bleu. La sixième, de cinquante et une pages, le chiffre 4 au crayon bleu. Certaines pages de la quatrième séquence comportent des versos : plusieurs exemplaires vierges du « Certificat médical » destiné à attester du degré d'incapacité de travail dans le cadre de l'« Assistance obligatoire aux vieillards, aux infirmes et aux incurables » du dispensaire de Clichy, où le Dr Destouches exerçait depuis janvier 1929, et un brouillon de lettre à Elizabeth Craig comportant son adresse à Los Angeles et datant probablement du premier semestre 1934.

Des corrections minimales d'orthographe ont été apportées lorsque, de façon visible, il ne s'agissait pas d'une faute volontaire de l'auteur, par exemple la confusion entre le futur et le conditionnel présent qui se présente à plusieurs reprises. Les abréviations, fréquentes et récurrentes chez Céline, ont été le plus souvent développées. Quelques mots, visiblement biffés par erreur, ont pu être conservés pour une meilleure intelligence du texte. De même, lorsqu'un mot a été, semble-t-il, involontairement omis, il est rétabli en italique entre crochets.

Quelques mots difficilement lisibles donc incertains ont été retenus comme des lectures conjecturales ; ils figurent entre crochets.

Enfin certains mots se sont révélés illisibles, souvent parce qu'ils font partie d'une rapide réécriture, ils sont signalés par une mention en italique entre crochets.

La ponctuation n'a été corrigée ou ajoutée que dans les cas où elle aide la lecture.

La graphie des noms propres a été respectée mais unifiée tout au long du texte sur la forme la plus fréquente. Lorsqu'un personnage change de nom, il fait l'objet d'une note.

Des alinéas, qui sont généralement peu nombreux dans ses manuscrits, Céline les intégrant en retravaillant, ont été introduits pour faciliter la lecture. De même les dialogues, rarement marqués, ont été systématiquement renvoyés à la ligne et précédés de tirets.

Je tiens à exprimer toute ma reconnaissance à Antoine Gallimard pour sa confiance renouvelée et à y associer Jean-Pierre Dauphin qui, jusqu'à son décès, m'a fait profiter de son immense culture célinienne.

La mise au point définitive de ce texte n'aurait pas été possible sans l'aide et les précieux conseils d'Alban Cerisier, Marine Chovin, François Gibault, Henri Godard, Éric Legendre, Hugues Pradier, Véronique Robert-Chovin et Régis Tettamanzi ; qu'ils en soient infiniment remerciés.

PASCAL FOUCHÉ

GUERRE

On pourra se reporter en cours de lecture au Lexique de la langue populaire, argotique, médicale et militaire et au Répertoire des personnages récurrents situés en fin de volume, ainsi qu'à la notice présentant les échos du texte dans la vie et l'œuvre de l'écrivain.

Pas tout à fait. J'ai bien dû rester là encore une partie de la nuit suivante. Toute l'oreille à gauche était collée par terre avec du sang, la bouche aussi. Entre les deux y avait un bruit immense. J'ai dormi dans ce bruit et puis il a plu, de pluie bien serrée. Kersuzon à côté était tout lourd tendu sous l'eau. J'ai remué un bras vers son corps. J'ai touché. L'autre je pouvais plus. Je ne savais pas où il était l'autre bras. Il était monté en l'air très haut, il tourbillonnait dans l'espace et puis il redescendait me tirer sur l'épaule, dans le cru de la viande. Ça me faisait gueuler un bon coup chaque fois et puis c'était pire. Après j'arrivais à faire moins de bruit, avec mon cri toujours, que l'horreur de boucan qui défonçait la tête, l'intérieur comme un train. Ça ne servait à rien de se révolter. C'est la première fois dans cette mélasse pleine d'obus qui passaient en sifflant que j'ai dormi, dans tout le bruit qu'on a voulu, sans tout à fait perdre conscience, c'est-à-dire dans l'horreur en somme. Sauf pendant les heures où on m'a opéré, j'ai plus jamais perdu tout à fait conscience. J'ai toujours dormi ainsi dans le bruit atroce depuis décembre 14. J'ai attrapé la guerre dans ma tête. Elle est enfermée dans ma tête.

Bien. Je disais donc qu'au milieu de la nuit, je me suis retourné sur mon ventre. Ça allait. J'ai appris à faire la différence entre les bruits du dehors et les bruits qui ne me quitteraient plus jamais. Question de souffrir, je dégustais aussi en plein à l'épaule et au genou. Tout de même je me suis remis debout. J'avais faim quand même au fond de tout. J'ai tourné un peu sur moi-même dans l'espèce de clos où on avait trouvé notre fin avec Le Drellière et le convoi. Où qu'il pouvait être lui à ce moment-là? Et les autres? Des heures, une nuit entière et presque un jour avaient passé depuis qu'on était venus les écrabouiller. C'était plus que des petits monticules sur la pente puis dans le verger où fumaient, grésillaient et brûlochaient comme ci comme ça nos voitures. Le grand fourgon-forge il avait pas fini de se faire salement carboniser, la fourragère y en avait pour ainsi dire plus. J'ai pas reconnu l'adjudant dans le milieu. J'ai reconnu plus loin un des chevaux avec quelque chose derrière lui, un bout de timon, dans la cendre, plaqué le long du mur de la ferme qui finissait juste de s'écrouler par lambeaux. Ils avaient dû revenir se reprécipiter au galop dans les décombres dans le plein du bombardement, poussés au cul en plein dans la mitraille, c'est le cas de le dire. Il avait bien travaillé Le Drellière. Je suis resté accroupi encore sur le même endroit. C'était de la boue d'obus bien triturée. Il en était venu au moins deux cents des obus au moment. Des morts par-ci par-là. Le mec aux musettes, il s'était crevé comme une grenade lui, c'est le cas de le dire, du cou jusqu'au milieu du pantalon. Dans son bide même y avait déjà deux rats pépères qui croûtaient sa musette aux trognons rassis. Ça sentait la viande avancée et le brûlé l'enclos, mais surtout le tas du milieu où y avait bien dix chevaux tout éventrés les uns dans les autres. C'est là qu'il avait fini le galop, fixé d'un coup par une marmite, ou trois, à deux mètres. Le souvenir de la sacoche du pognon qu'avait sur lui Le Drellière, il m'est revenu soudain dans l'esprit, dans le profond de ma marmelade.

Je savais pas quoi penser moi toujours. J'étais pas dans l'état de réfléchir trop fort. Tout de même, en dépit de l'horreur où je me trouvais, ça me tracassait salement, en plus du bruit de tempête que je promenais. Il avait plus l'air de rester que moi en fin de compte dans cette saloperie d'aventure. Le canon de loin, j'étais pas très sûr de l'entendre non plus. Ça se confondait. Dans l'alentour j'ai vu des petits groupes à cheval, à pied, qui s'éloignaient. J'aurais bien aimé que ça aurait été les Allemands, mais ils n'approchaient pas. Ils avaient autre chose à branler sans doute dans d'autres directions. Ils devaient avoir des ordres. Ici le terrain devait être épuisé en fait de bataille. C'était à moi tout seul en somme à le retrouver le régiment ! Où qu'il pouvait être celui-là ? De penser, même un bout, fallait que je m'y reprenne à plusieurs fois comme quand on se parle sur le quai d'une gare quand un train passe. Un bout de pensée très fort à la fois, l'un après l'autre. C'est un exercice je vous assure qui fatigue. À présent je suis entraîné. Vingt ans, on apprend. J'ai l'âme plus dure, comme un biceps. Je crois plus aux facilités. J'ai appris à faire de la musique, du sommeil, du pardon et, vous le voyez, de la belle littérature aussi, avec des petits morceaux d'horreur arrachés au bruit qui n'en finira jamais. Passons.

Dans les décombres du grand fourgon-forge y avait des conserves de singe. Éclatées par l'incendie, mais bonnes encore pour moi. Mais y a la soif. Tout ce que j'ai bouffé d'une main c'était plein de sang, forcément à moi et à d'autres.

Alors j'ai cherché quand même un cadavre qui tenait encore de la gniole après lui. J'ai trouvé tout au bout près de la sortie de l'enclos, sur un chasseur à cheval. Dans son manteau y avait du bordeaux, deux bouteilles même. Du volé bien sûr, du bordeaux d'officier. Après je me suis dirigé vers l'orient d'où on était venus. Par cent mètres. J'ai bien senti que je commençais à plus voir bien les choses à leur place. Je croyais voir un cheval dans le milieu du champ. Je voulais monter dessus et tout près c'était plus qu'une vache bien gonflée, crevée depuis trois jours. Ça me fatiguait en plus forcément. Bientôt aussi j'ai vu des pièces de batteries qui n'existaient sûrement pas. C'était plus pareil avec mon oreille.

Des vrais poilus j'en rencontrais toujours pas. Encore des kilomètres. J'ai rebu du sang. Comme bruit ça se calmait un peu dans ma tête. Mais alors j'ai vomi le tout même, et les deux bouteilles entières. Tout tournait. Merde, que je m'ai dit, Ferdinand. Tu vas pas crever maintenant que t'as fait le plus dur !

Jamais j'ai été aussi brave. Et puis j'ai pensé à la sacoche, à tous les fourgons [du régiment] bien pillés et alors j'avais trois fois mal, à la fois au bras, à toute la tête, au bruit horrible et plus profond encore, à la conscience. J'étais en panique car je suis un gentil garçon au fond. Je me serais parlé tout haut si le sang avait cessé de me coller la langue. Ça me donne du courage en général.

C'était plat ce pays-là – mais les fossés traîtres et bien profonds, pleins d'eaux, rendaient l'avance très difficile. Fallait faire des détours à n'en plus finir, on revenait au même endroit. Il me semble quand même avoir entendu des balles piauler. Tout de même sûrement l'abreuvoir où je me suis arrêté c'était un vrai. Je tenais le bras avec l'autre parce que je pouvais plus le mettre droit. Il était mort sur mon côté. Y avait une espèce de grande éponge faite avec de l'étoffe et du sang à hauteur de l'épaule. Si je la bougeais un peu j'arrêtais de vivre tellement ça me procure une peine atroce jusqu'au fond de la vie, c'est le cas de le dire.

Je sentais de la vie qu'il en restait encore beaucoup en dedans, qui se défendait pour ainsi dire. J'aurais jamais cru ça possible si on m'avait raconté. Je marchais même pas trop mal à présent, enfin deux cents mètres à chaque coup. C'était abominable partout comme souffrance, [du bas du genou au-dedans de la tête]. L'oreille c'était la bouillie sonore à part ça, les choses n'étaient plus tout à fait les mêmes ni plus comme avant. Elles avaient l'air en mastic, les arbres pas fixés du tout, la route sous mes godasses qui faisait des montées et des petites descentes. J'avais plus rien sur moi que ma tunique et de la pluie. Toujours personne. Ma torture de tête je l'entendais bien fort dans la campagne si grande et si vide. Je me faisais presque peur à m'écouter. Je croyais que j'allais réveiller la bataille tellement que je faisais du bruit dedans. Je faisais à l'intérieur plus de bruit qu'une bataille. Dans un coup de soleil au loin, il monte dessus les champs un vrai clocher, un énorme. Va par là je me dis. C'est une destination comme une autre. Et puis je m'assoye – avec mon grand bouzin dans la tétère, mon bras en morceaux, et je me force à me souvenir de ce qui venait d'arriver. Je pouvais pas. C'était la foire, question de mémoire. Et puis d'abord j'avais trop chaud, même le clocher il variait de distance, [il transperçait dans mes yeux] tout près, plus loin. C'est peut-être un mirage, que je me dis. Mais je suis pas si con. Puisque j'ai si mal partout, le clocher existe aussi. C'était une manière de raisonner, de retrouver de la foi. Me revoilà encore parti dans le bas-côté de la route. À un détour, un mec dans le fond bouzeux bouge, sûrement qu'il me voye. Je pense c'est un cadavre qui se tortille, sûrement que j'aye la berlue. Il était habillé en jaune avec un fusil, j'en avais encore jamais vu des attifés comme lui. Il tremblait le mec ou c'était moi. Il me fait signe que j'avance. J'y vais donc. Je risquais rien. Il me parle alors de près. Je reconnais tout de suite. C'était un Anglais. Comme j'étais, ça me paraît fantastique qu'il soye anglais. Avec du sang dans la gueule comme j'en avais, je lui réponds en anglais du coup, ça vient même tout seul. Moi qu'avais pas voulu en cracher douze mots quand j'étais là-bas pour l'apprendre, je me mets à lui faire la conversation au mec en jaune. L'émotion sans doute. Ça me faisait du bien même à l'oreille de lui parler anglais. Il me semble que j'avais moins de bruit. Du coup il m'aide à marcher. Il m'épaule bien soigneusement. Je m'arrêtais souvent. Je pense qu'il faut mieux quand même que ça soye lui qu'un connard de chez nous à me retrouver. À lui au moins j'avais pas à lui raconter toute la guerre à propos de comment qu'elle avait fini notre expédition.

« Where are we going ? que je lui dis...

— À Yprèss ! » qu'il me fait.

Yprèss, c'était sûrement le clocher là-bas. C'était donc un vrai, un clocher de ville. Y avait bien encore quatre heures de marche à cloche-pied comme on allait, à travers les sentiers et surtout les champs. Je voyais plus très clair mais je voyais rouge par-dessus. Je m'étais divisé en parties tout le corps. La partie mouillée, la partie qu'était saoule, la partie du bras qu'était atroce, la partie de l'oreille qu'était abominable, la partie de l'amitié pour l'Anglais qu'était bien consolante, la partie du genou qui s'en barrait comme au hasard, la partie du passé déjà qui cherchait, je m'en souviens bien, à s'accrocher au présent et qui pouvait plus – et puis alors l'avenir qui me faisait plus peur que tout le reste, enfin une drôle de partie qui voulait par-dessus les autres me raconter une histoire. C'était plus même du malheur qu'on peut appeler ça, c'était drôle. [Après] on a fait encore un kilomètre et puis je refuse d'avancer.

« Où que t'allais ? » que je lui demande d'un coup, question de savoir.

Je m'arrête. J'avance plus. C'est pas très loin son Ypres pourtant. Les champs roulaient tout autour de nous, gonflaient en grosses bosses mouvantes comme si des rats énormes soulevaient des mottes en se déplaçant sous les sillons. Peut-être des gens même [c'était]. C'était gros, une armée qu'on dirait au ras de la terre... Ça remuait comme la mer en vraies vagues... Fallait mieux que je reste assis. Surtout que j'vais avec tous les bruits de la tempête qui me passaient entre les deux oreilles. J'étais plus dans la tête qu'un courant d'air d'ouragans. Du coup je gueulais très fort.

« I am not going ! I am going to the guerre de mouvement ! »

Et comme j'ai dit, j'ai fait. Je m'ai soulevé encore avec mon bras et mon oreille, le sang partout, et je suis reparti du côté de l'ennemi d'où qu'on venait. Le compagnon alors il m'a engueulé et que je comprenais tous les mots. Je devais monter en fièvre, et plus que j'avais de chaleur à porter et plus facilement aussi je comprenais l'anglais. Je boitais mais j'étais têtu question de bravoure. Il savait plus comment m'arrêter. On s'est pour ainsi dire bagarrés dans le milieu de la plaine. Heureusement qu'il y avait personne pour nous regarder. Finalement c'est lui qui a gagné, il m'a serré par le bras, celui qui était ouvert. Alors il a gagné fatalement. Je l'ai suivi. Mais on avait pas fait encore un quart d'heure dans le sens de la ville que je vois sur la route, qui venait vers nous, bien une dizaine de cavaliers en kaki. De les voir si près je m'imagine des choses, que la bataille va recommencer.

« Hurray ! » que je vocifère d'aussi loin que je les vois. « Hurray ! »

À présent je savais que c'étaient les Anglais.

« Hurray ! » qu'ils me répondent.

Leur officier s'approche. Il me fait un compliment.

« Brave soldier ! Brave soldier ! qu'il dit. Where do you come from ? »

Ça j'y avais plus pensé d'où que je comais from ? Il m'a refait peur ce salaud-là.

Je voulais encore me barrer à la fois devant et derrière, des deux côtés. Le compagnon qui m'avait pris en charge il me fout un grand coup de pied dans le cul du coup, direction la ville. Personne voulait plus que je soye brave. Moi je savais plus où mettre mes esprits, devant ou derrière, et dedans j'avais trop mal. Le Drellière il avait pas vu tout ça. Il était mort trop tôt. À un petit moment la route a positivement monté vers moi, tout doucement, un vrai baiser je peux le dire, jusqu'à la hauteur des yeux et je m'ai allongé dessus comme dans un lit bien doux avec mon énorme bombardement dans la tétère et tout. Et puis ça c'est encore plus calmé et les chevaux des kakis sont revenus vers moi, je veux dire leur [stupide] galop, parce que j'ai plus vu personne.

Quand j'ai repris mon espèce d'esprit c'était dans une église, sur un vrai lit. Je me suis réveillé au bruit de mes oreilles encore, et d'un chien que je croyais qui me mangeait le bras gauche. J'ai pas insisté. Sauf qu'on m'ouvre le ventre tout cru et à froid et encore, je pouvais pas avoir plus mal partout. Ça n'a pas duré une heure mais toute la nuit. J'ai vu passer un drôle de geste dans cette ombre sous mes yeux, tout mou et tout mélodieux qui m'a comme réveillé quelque chose.

J'y croyais plus. C'était le bras d'une gonzesse. Ça m'a malgré tout porté au zozo d'autorité. J'ai cherché l'endroit des fesses avec un œil. J'ai trouvé que ça ondulait ce derrière, sur de l'étoffe bien tendue de-ci de-là entre les châlits. Comme un rêve qui recommence. La vie elle en a des trucs. Les idées sont remontées de travers, [comme] embrouillées, et elles ont suivi le derrière en attente, bien sages. On m'a fait rouler dans un coin de cette église, un coin plein de lumière. Là j'ai retombé dans les pommes à cause de l'odeur j'imagine, ça devait être pour m'endormir. Deux jours ont dû passer, avec plus de douleurs encore, d'énormes bruits dans ma grosse tête, que de vie véritable. C'est drôle que je me souviens de ce moment-là. C'est pas tant que j'ai dégusté que je me rappelle, que d'être plus responsable de rien du tout comme un con, plus même de ma bidoche. C'était plus qu'abominable, c'était une honte. C'était toute la personne qu'on vous donne et qu'on a défendue, le passé incertain, atroce, déjà tout dur, qu'était ridicule dans ces moments, en train de se déglinguer et de courir après ses morceaux. Je la regardais moi la vie, presque en train de me torturer. Quand elle me fera l'agonie pour de bon, je lui cracherai dans la gueule comme ça. Elle est tout con à partir d'un certain moment, faut pas me bluffer, je la connais bien. Je l'ai vue. On se retrouvera. On a un compte ensemble. Je l'emmerde.

Mais faut que je raconte tout. Au bout des trois jours, y a un obus qui est venu éclater dans le grand autel, un vrai. Les Anglais qui tenaient l'ambulance ont décidé qu'on s'en irait tous. Moi j'y tenais pas spécialement. Cette église avait des formes qui mouvaient aussi, des piliers en guimauve qui s'enroulaient comme à la fête dans le jaune et vert des vitraux. On buvait de la citronnade au biberon. Tout ça c'était bon dans un sens. Je veux dire dans le milieu où passent les liquides. Un coup de cauchemar, j'ai même vu défiler dans le haut des voûtes, sur un cheval tout en or avec des ailes, le général Métuleu des Entrayes qui me cherchait sûrement... Il m'a dévisagé, il cherchait à me reconnaître et puis sa bouche a remué et sa moustache s'est mise à battre comme un papillon.

« J'ai changé n'est-ce pas Métuleu ? » que je lui ai demandé bien doucement et bien familièrement.

Et puis je me suis endormi malgré tout, avec une angoisse en plus, bien nette, juste en coin entre les orbites et qu'allait plus au fond des idées, même plus loin encore que le bruit cependant énorme comme j'en finis pas de le décrire.

On nous a sûrement transportés dans la gare et puis répartis dans le train. C'étaient des fourgons. Ça sentait encore l'odeur de fumier tout frais. Ça roulait bien doucement. Y avait pas si longtemps qu'on était arrivés pour faire la guerre dans l'autre sens. Un, deux, trois, quatre mois déjà qu'étaient passés. Dans mon wagon c'était rien que des civières en long, sur deux rangs. Moi j'étais tout près de la porte. Y avait une autre odeur encore, celle des morts, je la connaissais bien aussi, et de phéniqué. On avait dû nous évacuer d'urgence de l'ambulance.

« Heu... Heu ! » que j'ai fait comme une vache aussitôt que je me suis réveillé un peu, parce que c'était l'endroit.

Personne a répondu d'abord. On roulait pour ainsi dire pas à pas. Au bout de trois fois, y en a deux au fond qui m'ont répondu :

« Heu ! Heu ! » c'est un bon cri pour les blessés. C'est le plus facile à dire.

Tchou ! Tchou !... au loin, c'était sûrement la machine qui prenait la pente. Mes explosions de mon oreille à moi elles me trompaient plus. Tout s'est arrêté au bord d'une rivière qui coulait de la lune puis on a repris en s'ébranlant. C'était tout à fait presque comme à l'aller en somme. Ça me souvenait de Péronne. Je me demandais qui pouvait être encore allongé dans les fourgons en fait de grivetons, si c'étaient des Français ou des Anglais, ou des Belges peut-être.

Avec Heu, heu ! ça se comprend de partout, j'ai recommencé.

On a plus répondu. Seulement, ceux qui gémissaient, ils gémissaient plus. Sauf un qui répétait Marie, plutôt avec un accent et puis un *glou glou* tout près de moi, d'un mec sûrement qui se vidait par la bouche. Je connaissais ce ton-là aussi. J'avais appris en deux mois à peu près tous les bruits de la terre et des hommes. On est restés encore bien deux heures immobiles sur le remblai, en plein froid. Juste le *tchou tchou* de locomotive. Et puis une vache aussi qui faisait *mheu mheu* bien plus fort que moi alors dans un pré devant. J'y ai répondu pour voir. Elle devait avoir faim. On a roulé un peu *broum, broum*... Toutes les roues, toutes les viandes, toutes les idées de la terre étaient tassées ensemble dans le bruit au fond de ma tête. C'est à ce moment-là quand même que je me suis dit que c'était fini. Que y en avait assez. J'ai poussé un pied sur le plancher. Ça tenait. J'ai viré de côté. Je me suis assis même. J'ai regardé l'ombre du wagon, devant, derrière. Je me suis fait l'œil. C'était des corps qui bougeaient plus sous les couvertures des civières. Y avait deux rangs de civières. J'ai fait :

« Heu heu. »

Personne alors a répondu. Debout je tenais aussi, pas longtemps mais assez pour aller jusqu'aux portes. Avec un bras je les ai ouvertes davantage... Je me suis assis dans la nuit sur le rebord. C'était tout à fait comme quand on était montés vers la guerre mais à présent on redescendait plus doucement encore. Dans le wagon y avait plus de chevaux non plus. Il devait faire grand froid, c'était vraiment plus l'été mais j'avais une chaleur et une soif comme en été, et puis je voyais des choses dans la nuit. Et même j'ai entendu, à cause de mes bruits, des voix et puis des colonnes entières qui passaient sur les champs, à pas deux mètres du sol. C'était bien leur tour. Tout ça montait vers la guerre. Moi j'en revenais. C'était plutôt un petit wagon le nôtre, mais y avait bien quinze morts dedans quand j'y pense. Peut-être qu'on entendait encore un canon tout à fait loin. Les autres wagons ça devait être pareil. *Tchoutt! Tchout!* C'était une petite locomotive qui avait bien du mal à traîner tout ça. Nous on allait vers l'arrière. Si je [reste] avec eux, que je me disais, je suis mort pour de bon, mais j'avais si mal et tant de bruit dans la tête que dans un sens ça m'aurait fait du bien. Enfin le cadavre qui était sur la civière au fond à droite, j'ai vu sa figure d'un coup, et puis la figure des autres aussi, comme le wagon s'est juste arrêté sous une lanterne de gaz. Ça m'a fait parler de les voir.

« Heu, heu ! » que je leur ai fait à tous.

Et puis le train s'est traîné encore tout au bord de la campagne, une prairie toute couverte de buée si épaisse que je me suis dit : Ferdinand tu vas marcher là-dessus comme chez [toi].

Et j'ai marché dessus. Je suis parti de plain-pied

dans cet édredon, c'est le cas de le dire. Je m'en mettais partout du nuage. Ça y est, que j'ai dit, cette fois-ci je déserte pour de bon. Je me suis assis, c'était mouillé. Un peu plus loin je voyais les murs de la ville déjà, des hautes murailles, un vrai château fort la protège. Une grande ville du Nord sans doute. Je m'assois devant que je dis. [Maintenant] j'étais sauvé, j'étais plus seul. Je prends l'air coquin. Y avait Kersuzon, Keramplech, Gargader et le gars Le Cam autour de moi, en cercle pour ainsi dire. Seulement alors, ils avaient les yeux fermés. C'étaient des reproches qu'ils m'adressaient. En somme ils venaient me surveiller. Depuis quatre ans presque qu'on avait été ensemble ! Je leur avais pourtant jamais raconté d'histoires. Gargader il saignait en plein dans le milieu du front. Ça rougissait tout le brouillard en dessous [de] lui. Je lui ai même fait remarquer. Kersuzon, c'est vrai, il avait plus de bras du tout, mais de grandes oreilles pour écouter bien. Le gars Le Cam on voyait à travers sa tête le jour, par les yeux comme dans une lunette. Ça c'est drôle. Keramplech il lui avait poussé une barbe, il avait les cheveux longs comme une dame, il avait gardé son casque et il se faisait les ongles avec un bout de baïonnette. C'était pour m'écouter aussi. Il avait les boyaux qui lui glissaient par le fondement tout loin dans la campagne. Fallait que je leur parle sinon sûrement ils me dénonceraient. La guerre, que j'ai dit, c'est au nord qu'elle se passe. C'est pas par ici du tout. Ils ont rien dit.

Le Roi Krogold[1] est rentré chez lui. Y a eu des coups de canon à travers la campagne juste comme je disais ça. J'ai pas eu l'air d'entendre. C'était pas vrai que j'ai dit. On a chanté ensemble tous les quatre. Le Roi Krogold est rentré chez lui ! On chantait faux. J'ai craché sur la gueule à Kersuzon, tout rouge. L'idée est venue, bien alors. C'était beau. On était devant Christianie. Voilà mon opinion encore à présent. Sur la route, vers le sud c'est-à-dire, c'est Thibaut et Joad qui arrivaient ainsi vers moi. Des drôles de costumes aussi, des lambeaux pour vrai dire. Ils venaient aussi de Christianie, piller peut-être. Vous aurez la fièvre, bande de vaches ! Voilà ce que j'ai gueulé moi. Kersuzon et les autres ils osaient pas me contredire. C'était moi quand même le brigadier après tout, même après ce qui s'était passé. Déserter ou pas, c'est tout de même moi qui connais. Fallait tout connaître.

« Raconte », que j'ai dit au Gargader Yvon qui était de ces pays-là. « C'est Thibaut qui l'a tué, le père Morvan, le père à Joad, dis-le, c'est lui qui

1. Allusion à *La Volonté du Roi Krogold* que Céline a rédigée et utilisée dans *Mort à crédit*. Voir *La Volonté du Roi Krogold suivi de La Légende du Roi René, pages retrouvées*, édition établie par Véronique Chovin, Gallimard, 2023 et la notice sur l'œuvre, p. 191.

l'a tué. Raconte, que j'ai dit. Raconte-moi plus loin, plus tôt c'est-à-dire. Raconte-moi comment qu'il l'a tué, avec un poignard, une corde, un sabre ? Non ? Avec un gros caillou donc qu'il lui a défoncé la gueule.

— C'est vrai, qu'il a répondu le Gargader. Bien exact, mot pour mot. »

Le père Morvan lui avait bien prêté un peu d'argent pour qu'il se taise, qu'il emmène pas son fils, au loin à l'aventure, qu'il le laisse tranquille et faire toute sa vie à ses côtés à Terdigonde en Vendée, comme nous autrefois à Romanches en Somme où on s'emmerdait tant au 22e avant la guerre. Un jour il avait dû inviter le père à Joad, des invités bien puissants et bien riches, des gens du parlement qui se saoulaient chez lui la gueule. Il était saoul aussi le père Morvan, un peu plus que les autres même, saoul à dégueuler. Il avait quitté sa place au banquet pour se pencher à la fenêtre. Dans la ruelle en bas y avait personne encore. Si, un petit chat, un gros caillou. Thibaut arrivait justement au coin.

« Y viendra pas ton ami. Y viendra pas pour nous amuser, nous jouer son instrument, il est payé pourtant. Il m'a pris vingt écus d'avance... C'est un voleur le Thibaut je l'ai toujours dit. »

C'est à ce moment que Thibaut qui l'entendait s'est relevé avec le gros caillou dans la main et l'a foudroyé vif à mort d'un seul coup au milieu de la tempe le père Morvan. C'était de l'injure bien vengée tout entière en fin de compte. Terrible. Comme il était, son âme est partie, comme le son de la lourde cloche au premier choc, s'est envolée.

Thibaut est entré dans la maison avec les pèlerins. On a enterré le procureur trois jours plus tard. La mère Morvan avait bien du chagrin, ne se doutait de rien. Dans la chambre même du mort il s'est installé Thibaut, comme un ami. Avec Joad ils allaient faire de grands tours dans les tavernes. Et puis ils en eurent assez tous les deux. Joad ne pensait que d'amours lointaines, à Wanda la princesse, la fille du Roi Krogold, le haut de Morehande au nord encore de Christianie. Thibaut ne voulait qu'aventures, même la riche maison ne sut le retenir. Il avait tué pour rien, pour le plaisir en somme. Les voilà partis tous les deux. Nous les voyons traverser la Bretagne comme Gargader autrefois, quitter pour toujours Terdigonde en Vendée comme Keramplech.

« C'est bien, que je leur disais à mes trois dégoûtants, pas qu'elle est belle mon histoire ?... »

Ils ne répondaient rien d'abord, enfin c'est Cambelech qu'est passé derrière moi, je l'attendais plus. Il avait la gueule tout ouverte en deux, la mâchoire d'en bas qui pendait dans les lambeaux tout dégoûtants.

« Brigadier », qu'il me fait comme ça, il se

servait des deux mains pour faire marcher sa bouche... « On est pas contents nous autres, c'est pas d'une histoire comme ça que nous autres on a besoin...

— Garde à vous! moi que j'ai gueulé alors. Garde à vous!... Plus fort encore.

— Calmez-vous mon ami, qu'elle répond la dame, calmez-vous... Ça y est... vous allez boire ceci et puis vous ne serez opéré que demain matin. »

{Ces choses se passaient à l'hôpital de la Parfaite-Miséricorde le 22 janvier 1915 à Noirceur-sur-la-Lys vers 4 heures de l'après-midi.}

*

Question d'être sonné on pouvait pas mieux faire. Mais j'avais la vie dure quand même puisque c'est seulement deux jours plus tard qu'ils m'ont cueilli, gisant dans la prairie en contrebas où je m'étais laissé glisser du wagon. Je déconnais toujours c'est certain. À l'hôpital qu'ils m'ont mené. Ils ont réfléchi d'abord avant de choisir. Ils savaient plus si j'étais belge ou bien anglais, français ils hésitaient aussi, tellement je m'étais frusqué avec des bouts, et tout ça en cours de route. J'aurais pu être allemand, ils y auraient rien vu. Et puis aussi y en avait pour tous les goûts des ambulances à Peurdu-sur-la-Lys.

C'était une petite ville mais en position juste pour recevoir des troufions de toutes les batailles. On m'a posé des étiquettes sur le bide et puis finalement j'ai échoué au Virginal Secours rue des Trois-Capucines qu'était dirigé par des dames de la société en plus des bonnes sœurs. C'était pas tout ce qu'il y a de carré comme destination, je le prouverai par la suite. Ça m'emmerdait d'aller mieux dans un sens parce qu'il fallait que je fasse un effort pour déconner tandis qu'ils me transportaient. C'était plus si sincère. Les deux jours et deux nuits dans l'herbe ça m'avait en somme plutôt fait du bien, une putain de vitalité. Je louchais un peu de ma litière pour voir les mecs qui me ramenaient en ville, c'étaient des infirmiers à cheveux blancs. Pour la douleur et le bruit, le sifflement, tout le bastringue, c'était bien revenu d'emblée avec la conscience mais c'était supportable. En somme je préférais encore le grand délabrement d'avant où j'étais presque mort, sauf une espèce de chiasse de douleurs, de [musique] et d'idées. À présent c'était pas douteux que si on me parlait je pourrais pas m'empêcher de répondre. C'est ça toujours qui est grave, malgré que j'avais du sang encore plein la bouche et même l'ouate qui me faisait un grand bouchon dans l'oreille à gauche. Le truc du rêve de la légende je pourrais plus être assez coquin pour m'en servir et leur en donner à froid, car à présent j'avais la grelotte. J'étais froid comme un mort en somme, mais seulement le froid. Ça n'allait pas. Ils m'ont fait franchir la porte de la ville, un vrai pont-levis alors, avec des grandes précautions. On a croisé des officiers et puis même un général et puis des Anglais, plein de kakis, des bistrots, des coiffeurs. Des chevaux qu'on menait à l'abreuvoir, ça me rappelait mille choses. Je jetais un œil vers ces choses en souvenir de Romanches. Combien de mois déjà qu'on était partis ? C'était comme tout un monde qu'on avait passé, qu'on serait tombés de la lune...

J'en perdais pas un cil quand même du nouvel endroit. C'était pas bien possible de tomber plus moche et plus rebutant que j'étais mais quand même je me gourais bien, et finalement qu'au quart d'idée, qu'au morceau de viande saignante ou qu'à l'oreille tonitruante, qu'à ma grosse tête capituleuse, ces vaches d'hommes en voudraient encore, et je serais encore bon pour être traqué et plus vachement que jamais.

« Bien Ferdinand, que j'aye dit, t'as pas crevé à temps, t'es qu'un beau lâche, t'es un putain de jean-foutre, tant pis pour ta sale gueule de con. »

Je m'étais pas trompé de beaucoup. Je suis doué pour l'imagination, je peux bien le dire sans vexer personne. Je crains pas non plus la réalité, mais avec ce qui se passait à

Peurdu-sur-la-Lys y avait de *[deux mots illisibles]* quoi faire tomber la fièvre à bien des bataillons. Pas de questions. Je m'explique. On jugera. Dans ces cas aussi, on se conseille soi-même. On se dirige sur ce qui vous reste d'espérances. Ça brille pas fort l'espérance, une mince bobèche au fin bout d'un infini corridor parfaitement hostile. On se contente.

« Passez donc, je vous en prie. »

Nous y voici. Les infirmiers me déposent au sous-sol de la maison.

« Il est dans le coma ! qu'annonce la rombière bien engageante, laissez-le là, on verra... »

Je fais des bruits avec mon nez en entendant ces remarques. La trouille me saisit qu'ils me foutent tout cru dans une des caisses. Je vois des caisses et des tréteaux. Du coup elle y revient la rombière.

« Je vous le disais, il est dans le coma ! »

Après elle s'enquiert :

« Il n'a rien à la vessie au moins ? »

Ça me paraît une question bizarre tout vaseux que je me trouvais. Les mecs porteurs ils savaient rien pour ma vessie. Justement j'avais envie de pisser. Je laisse aller, ça coule de la civière et puis par terre sur la faïence. Ça elle voit la gonzesse. Elle ouvre d'un coup mon pantalon. Elle me tâte le roméo. Les mecs sortent pour aller en chercher un autre vaseux. La gonzesse alors elle insiste plus précisément sur mon pantalon. Vous me croirez si vous voulez mais je bandoche. Je voulais pas avoir l'air trop mort pour pas qu'on m'encaisse, mais je voulais pas trop bander non plus qu'on m'aurait cru imposteur. Pas du tout, la rombière elle me tâtait si bel et si bien que je tortille. J'entrouvre un œil. C'était une pièce à rideaux blancs, toute carrelée par terre. Je les vois alors bien à droite à gauche les civières recouvertes de draps rigides. Je me trompe pas. C'en était. Et puis sur des tréteaux, d'autres cercueils qui arrivent. C'était pas le moment de se tromper.

« Fais un effort Ferdinand, t'es dans la circonstance exceptionnelle. T'es un trompeur, trompe. »

Je devais lui plaire à la môme, d'emblée. Elle était pas répugnée. Elle me lâchait plus le zobar. Je me dis : faut-il sourire, faut-il pas ? Faut-il avoir l'air aimable ou l'air inconscient ? À tout prendre, je bafouille. C'est moins risqué. Je reprends ma chansonnette :

« Je veux aller à Morehande... ! que je mélodule entre deux caillots... J'irai moi voir le Roi Krogold... J'irai tout seul faire la grande croisade... »

Du coup la môme elle se renforce, elle me fout une vraie branlée d'autor, rassurée sans doute que je déconne, seulement j'me fais mal au bras que je trémousse comme un crapaud. Je hurle un peu, et puis je me donne, elle en a plein les mains, remarque que j'ouvre plus les yeux, elle m'essuie avec du coton. Je délire, c'est tout. D'autres femmes entrent. Je yeute. Des genres pucelles. J'entends la mienne de gonzesse :

« Vous devez le sonder, venez mademoiselle Cotydon, ce blessé, ça vous apprendra, il a aussi quelque chose à la vessie celui-là... le Dr Méconille l'a bien recommandé en partant... "Sondez les blessés qui ici n'urinent guère... Sondez les blessés..." »

On me monte au premier donc, soi-disant pour me sonder. Je me rassure un peu. Je louche. Y avait pas de cercueils au premier. Rien que des lits, entre les paravents.

Elles se mettent à quatre dames pour me déshabiller. On me mouille d'abord de haut en bas, tous les haillons parce que tout est collé, des tifs aux chaussettes. Mes pieds qui font partie du cuir. Là c'est des manœuvres bien douloureuses. Dans le bras j'ai des asticots, je les vois qui vibrent, je les sens. Du coup la môme Cotydon elle se trouve un peu mal. C'est ma branleuse qui prend la suite. Elle est pas mal la branleuse, sauf les dents toutes en avant et bien un peu verdâtres aussi, un petit endroit bien pourri. Ça ne fait rien. Apparemment c'est tout ce qu'il y a de convenable et de solliciteux comme atmosphère. J'ouvre les deux yeux, mais alors fixes, bien au plafond.

« Mort à Gwendor le félon, mort aux Allemands félons... Mort aux envahisseurs de la pauvre Belgique. »

Je déconne à pleins tuyaux. Je prends mes précautions, on me dévisage... Elles sont toujours quatre.

« Il délire encore le malheureux. Apportez-moi ce qu'il me faut. Je vais le sonder moi-même, que réfléchit la branleuse.

— Bien Mademoiselle, je vous apporte tout de suite les sondes. »

Elles m'ont laissé seul avec la personne. Ce qui fut dit fut fait. Mais alors sérieusement, elle m'a raclé lentement l'intérieur de la bite. C'était plus la plaisanterie. Je ne bandais pas. J'osais pas gueuler quand même. Elle m'a bandé ensuite, elle m'a fait repanser la tête, l'oreille et le bras, fait boire à la cuiller et puis on m'a laissé tranquille.

« Reposez-vous, qu'elle m'a dit la sondeuse en chef, et puis tout à l'heure le capitaine Boisy Jousse, notre officier gestionnaire, viendra vous poser quelques questions. Si toutefois vous êtes en état de lui répondre, et puis ce soir le Dr Méconille passera pour la visite... »

Y avait de l'avenir. Je serais pas près d'être « en état » comme elle disait. Boisy Jousse j'y ai rien dit d'abord. C'est bien simple, pendant près de dix jours ils ont pensé ce qu'ils ont voulu. J'avais pas de papiers sur moi. J'avais rien que ma gueule saignante de travers et le reste à l'avenant, l'intérieur bien pire, c'est tout. J'avais plus peur encore d'être resondé. C'était une manie. Mlle L'Espinasse elle s'appelle la sondeuse, c'était elle qui commandait tout. On me trouvait de la fièvre le soir, ça faisait bien. Je gangrenais pas mais c'était juste. Je sentais seulement. Toujours c'était la question, si on allait m'isoler en bas avec les agoniques ou pas. L'Espinasse, mon sondage ça devait plus l'amuser, me branler non plus. Seulement un soir le docteur n'est pas venu, il était occupé. Elle passait entre les lits, elle m'a embrassé le front en douce derrière le paravent. Du coup je lui ai retourné un petit coup de poésie murmurante... comme on expire...

« Wanda n'attends plus ton fiancé, Gwendor n'attends plus un sauveur... Joad ton cœur sans vaillance... Thibaut je le vois s'approche du Nord... Tout au nord de Morehande, Krogold va venir... me prendre... »

Et puis je faisais *glou glou*, je savais même cracher du sang en me pompant fort un bon coup sur les bords du nez. Elle me tamponnait alors le bas des narines avec une compresse et m'embrassait encore. C'était une passionnée au fond.

Je comprenais pas très bien son caractère mais j'me gourais que j'aurais salement besoin d'elle, la rombière, par la suite. J'ai bien fait.

Le Dr Méconille le lendemain, dès qu'il m'a eu vu, il s'excite sur mon observation. Il voulait m'opérer dare-dare, dans la soirée même qu'il disait. L'Espinasse elle a résisté au nom de mon épuisement. Je crois que c'est ça qui m'a sauvé. Lui si je comprenais bien, il voulait m'enlever la balle tout de suite au fond de l'oreille. C'est elle qui y tenait pas. Moi rien qu'à le regarder Méconille j'étais sûr que s'il m'entreprenait la tête, c'était bien fini. Dès qu'il est sorti, les gonzesses autour de L'Espinasse elles lui donnèrent raison d'avoir résisté pour ce qui me concernait, « qu'il était médecin, pas chirurgien Méconille et que c'était pour se faire la main qu'il entreprenait, qu'il devrait plutôt commencer par les cas faciles. Que la guerre durerait encore assez longtemps... qu'il avait le temps, qu'il aurait pu par exemple essayer d'abord de me rafistoler l'os du bras qui était cassé aussi, mais que la tête c'était trop difficile pour lui... pour un début ». Moi c'est qu'on m'avait montré d'abord à l'arrivée le petit lazaret en bas dans la cave, ça m'avait comme donné une terreur supplémentaire, ils m'avaient foutu la panique. On me l'aurait pas montré le petit lazaret avec les tréteaux et les deux bières dessus que je me serais peut-être pas obstiné, que je me serais laissé plier, mais c'est de tout savoir, d'avoir vu les boîtes qui me faisait plutôt résister, suprêmement. Ce qu'y me dégoûtait le lazaret, l'odeur de pourriture des morts. Sûrement qu'en plus, si il me finissait pas le Méconille avec son opération, il m'augmentait les vertiges et mon orage et mon train sifflant dans la tête, à me tripoter mon mystère par le dedans. Je m'en servais pour déconner de mon supplice. Pour me soulager j'avais pas confiance en lui du tout. Suffisait de le regarder. D'abord il quittait pas une paire de lunettes et un lorgnon en plus, une barbe plus grande que sa figure, une tunique bien trop petite qu'il en pouvait plus écarter les bras du corps, des mains poilues jusqu'aux ongles, et puis des bandes molletières qui se débinaient en volutes loin derrière ses talons. Tout ce qui est sale et qui gêne en somme, c'était Méconille. On se décidait donc pas, il me jetait un sale œil le matin à la visite et en plus on me laissait donc souffrir en suspens, et puis un matin L'Espinasse quand même m'a demandé mon matricule bien gentiment. J'ai répondu un numéro quelconque. Ça la regardait pas. Le plus tard possible, que je me disais, que je me ferais identifier. Et le lendemain j'ai passé de très bonne heure par l'éther. Pour avoir des sensations horribles, moi, j'avais été déjà gâté, mais c'est L'Espinasse qui m'a régalé, elle me maintenait fermement le cornet du soufflant sur le blaire à deux bras. Elle était costaud.

Je me suis régalé un bon coup d'abord. Je le jure, ils m'en avaient tant fait finalement que je m'ai élancé dans son masque à délire avec une espèce de joye. Question cloches, l'éther a déterminé un véritable ouragan personnel, une surprise quand même. J'ai plongé dans cet orchestre, car j'en entendrais jamais plus sans doute, comme dans le cœur d'une locomotive. Seulement je sentais bien que c'était le mien quand même de cœur qui fournissait la violence. Alors j'avais des scrupules pour lui. C'est un bon [cœur] courage quand même que t'as Ferdinand, que je me disais... Tu devrais pas abuser de lui... C'est pas joli, c'est lâche ce que tu fais là... Tu profites...

Du coup je voulais remonter à la surface du bruit, lui tabasser la poire à la môme L'Espinasse... Mais elle me tenait avec le cache, dans son étreinte comme on dit, la vache... Des clous pour remonter... Je faisais dans ses mains avec toute ma barbaque le battant de la cloche... Tantôt ici avec ma tête... *Baoum* dans le fond des yeux, *bang* contre l'oreille. J'ai presque remonté... Rouge... sur... blanc... Elle gagnait encore la salope.

Bon. Que je raconte à présent le coup du

réveil... Je m'entends gueuler moi-même, remarquez...

« Mignon ! mon mignon !... » et puis fort alors.

C'est ça que j'avais trouvé dans l'infini. Je sortais du néant de la merde avec un mignon ! Et pourtant j'avais pas de mignon. J'en avais jamais eu dans ma putain de vie de mignon, c'est le cas de le dire. C'était un coup de tendresse qui me remontait fort et qui de près me dégoûtait [de l'entendre]. Et puis en même temps je vois les fleurs et le paravent et puis je dégueule un bon coup partout de la bile amère en plein sur l'oreiller. Je me tortille. Je m'arrache le bras. Ils étaient quatre au moins, et des hommes, pour me retenir. Je vomis donc. Et puis la première que je reconnais vraiment c'est ma mère, et puis mon père et puis plus loin Mlle L'Espinasse. Tout ça floute et vogue comme au fond d'un aquarium et puis ça se fixe finalement et ma mère je l'entends bien qui me dit :

« Voyons Ferdinand, calme-toi mon petit... »

Elle pleurait un petit peu mais je la reconnaissais vexée de me trouver inconvenant. Tout de même en plein délire je comprends, mon père était là encore aussi, un peu en retrait. Il avait mis sa cravate blanche et son complet habillé pour venir.

« On vous a bien arrangé votre bras Ferdinand,

qu'elle me fait alors L'Espinasse, le Dr Méconille est très content de votre opération.

— Oh nous vous sommes bien reconnaissants mademoiselle, que lui laisse à peine terminer ma mère. Je vous assure que mon fils lui aura une vive gratitude et à vous aussi mademoiselle qui le soignez avec tant de dévouement. »

D'ailleurs ils avaient ramené de Paris des cadeaux qu'ils avaient pris dans leur magasin, encore des sacrifices. Il fallait tout de suite qu'on prouve notre reconnaissance. Ma mère au pied du lit continuait à être horriblement gênée par mon dégueulage, et mes insultes, et mes ordures, et mon père me trouvait bien indécent encore dans l'occasion.

On avait dû trouver quand même des papiers militaires dans ma poche puisqu'ils avaient été prévenus. C'est une pensée qui me foutait comme un glaçon dans le milieu du cerveau.

Tout ça n'était pas marrant. Ils sont restés assis bien deux ou trois heures à me regarder revenir. Du coup j'étais plus pressé du tout pour les entendre et comprendre la situation. Et puis ma mère a recommencé à me parler. C'était son privilège de tendresse. J'ai pas répondu. Elle me dégoûtait plus que ça encore. Je l'aurais bien dérouillée elle, à la fin des fins. J'avais mille et cent raisons, pas toutes bien claires mais bien haineuses quand même. J'en avais plein le bide des raisons. Lui il disait pas trop de choses. On aurait dit qu'il se méfiait. Il faisait ses yeux de poisson frit. On y était à la guerre dont il avait toujours parlé, on y était. Ils étaient venus de Paris exprès pour me voir. Ils avaient dû demander un permis au commissaire à Saint-Gaille. Tout de suite ils ont parlé du magasin, des terribles soucis qu'ils avaient, que les affaires n'allaient pas du tout. Je les entendais pas très bien à cause de mon vacarme d'oreille, mais assez. Ça ne portait pas à l'indulgence. Je les regardais encore. C'était bien des malheureux là au pied de mon lit, et pourtant c'étaient des puceaux.

« Merde, que j'ai dit finalement, j'ai rien à vous dire, débinez...

— Oh ! Ferdinand, qu'a répondu ma mère, comme tu nous fais de la peine. Tu devrais être content voyons. Te voilà sorti de la guerre. T'es blessé toi au moins, mais avec ta santé tu vas sûrement aller bientôt mieux. La guerre sera finie. Tu trouveras une bonne place. À présent tu seras raisonnable, sûrement que tu vivras vieux. Ta santé est excellente au fond, tes parents sont bien portants. Tu sais que nous n'avons jamais fait d'excès d'aucune sorte... Tu as toujours été bien soigné à la maison... Ici ces dames sont bonnes pour toi... Nous avons vu ton médecin en montant... Il parle de toi avec beaucoup de gentillesse... »

Je disais plus rien. Jamais j'ai vu ou entendu quelque chose d'aussi dégueulasse que mon père et ma mère. J'ai eu l'air de m'endormir. Ils sont partis, pleurnichant vers la gare.

« Il délire vous savez, il délire », que m'excusait et les consolait L'Espinasse en les accompagnant.

Je l'entendais dans le couloir.

Ça devait pas tarder. Un malheur arrive jamais seul. Une heure à peine plus tard on annonce Mme Onime la cantinière, en personne. Elle arrive aussi au pied du lit en murmurant. Je fais délire. Petit chapeau à oiseau qu'elle portait, et voilette et boa et fourrure. Du luxe. Un mouchoir pour le chagrin, mais j'y regardais bien les yeux. Je la connaissais. C'est elle qui pose les questions. Elle tournait autour du drame. Je me demande d'abord comment qu'elle aurait pu comprendre ? J'y pensais déjà plus, et puis j'y ai repensé. C'était pas explicable notre expédition et la manière qu'elle avait fini. C'est des choses qu'on sent. Elle pouvait pas sentir ça la garce Onime.

« Il est mort, que j'ai dit simplement. Il est mort en brave ! » et puis c'est tout.

Elle s'est écroulée à genoux alors.

« Oh ! Ferdinand, qu'elle a fait. Oh ! Ferdinand. »

Elle s'est relevée comme pour tituber et puis

elle s'est refoutue à genoux. Elle a sangloté dans mes couvertures à pleine figure. Moi c'est un genre que je me méfie. J'ai bien fait. La voilà donc qui pleure encore. La demoiselle L'Espinasse elle était pas loin à écouter, sûrement derrière le paravent. Elle a surgi toute pincée.

« Il ne faut pas fatiguer les blessés madame, le docteur l'interdit. La visite est terminée... »

Elle s'est relevée alors Mme Onime, d'un coup, bien vexée, bien sèche.

« Ferdinand, qu'elle a dit tout haut pour qu'on l'entende, vous n'oubliez pas que vous m'avez laissé au quartier une note en partant de trois cent vingt-deux francs... Quand comptez-vous me la régler ?

— Je ne sais pas Madame... Ici je ne touche rien...

— Ah vous ne touchez rien ! Eh bien j'écrirai une fois de plus à vos parents. J'avais pourtant votre parole d'honneur, il me semble, que vous ne feriez plus de dettes à la cantine... »

C'était pour me déprécier qu'elle disait ça dans l'esprit de la L'Espinasse. D'ailleurs elle ajoute :

« Il me semble les avoir rencontrés vos parents en venant. Je vais les retrouver à la gare peut-être. »

Dare-dare la voilà qui fout son camp en trombe dans l'escalier... Je compte jusqu'à cent et puis deux cents. À peine un quart d'heure plus tard c'est mon père qui revient... tout époumoné, bouleversé.

« Comment Ferdinand tu ne nous avais pas dit cela, voilà encore une tuile qui nous tombe. La cantinière qui nous réclame une dette sur le quai même de la gare. Une dette que tu lui dois depuis ton départ du campement. Nous qui durant toute une vie de pure perte avons assuré ton existence au prix de quelles privations tu le sais mieux que personne ! Tu ne nous réserves que des hontes. Mais trois cents francs... par les temps qui courent il va falloir emprunter, que sais-je, nous saigner aux quatre membres, que ta mère engage encore ses boucles d'oreilles. J'ai prévu de rembourser ta dette dans les huit jours je suis un homme d'honneur moi ! Y songes-tu Ferdinand, mais c'est la guerre en ce moment, y penses-tu ? Toutes nos affaires sont absolument anéanties et tu sais quel mal nous avons... Je ne sais même pas si je garderai ma place à La Coccinelle. »

Il en avait les larmes aux yeux... Mais L'Espinasse est intervenue encore une fois, elle l'a invité à me ménager. Il est sorti, s'excusant, bredouillant. Ils ont dû tous se retrouver à la gare. La nuit est venue.

Ça devait être vers les onze heures du même soir que L'Espinasse s'est dérangée exprès pour me prévenir que le lendemain je serais transféré en salle commune avec les autres, à cause d'arrivages d'autres blessés. Hier j'allais réellement bien mieux, et patati et patata, mais qu'elle croyait que j'avais encore besoin d'un sondage. C'était pas le moment de rouscailler, de faire l'esprit fort. Je connaissais l'amusement, elle prenait la plus grosse boule de sonde dans la série. Ça raclait. Elle était toute seule pour me le faire. Si je refusais je me disais d'instinct que mon compte était alors salement bon. Je me doutais qu'il y avait quelque chose sûrement de tout prêt derrière. Le truc durait bien dix minutes. J'en pleurais alors pour de bon et pas aux sentiments.

Bien. Le lendemain matin on me transporte dans la salle Saint-Gonzef. J'étais comme lit entre Bébert et le zouave Oscar. De ce dernier je parle pas parce qu'il a pas arrêté de faire ses besoins par sa sonde pendant les trois semaines qu'il était à côté de moi. Il parlait pas d'autre chose. La dysenterie qui le tenait du haut en bas et une blessure de l'intestin. Son bide c'était comme une cuve à confiture. Quand ça fermentait trop ça débordait par la sonde et jusqu'au-dessous du lit. Alors il disait ça fait du bien. Il souriait à tous. Risette. Ça fait du bien, qu'il dit encore, il en était plein. Il est mort finalement en risette. Ça fait du bien qu'il dit encore, il en était plein.

Mais Bébert à droite, c'était une autre affaire. De Paris qu'il venait comme moi, mais lui du 70e, du bastion Porte Brancion. Il m'a tout de suite ouvert des horizons. Quand je lui ai raconté ma vie, il l'a trouvée difficile.

« Moi j'ai choisi, qu'il m'a dit. J'ai que dix-neuf ans et demi mais je suis marié, j'ai choisi. »

J'avais pas compris tout de suite mais moi il m'émerveillait. Je croyais que je savais un peu nager mais lui alors il était suprême. Pour l'instant il était blessé au pied, à l'orteil gauche exactement, une bonne balle. Il avait tout repéré dans le jeu de L'Espinasse, et bien pire.

« Je t'en ferai connaître de cette gonzesse-là que t'imaginerais pas tout seul. »

Il me redonnait le goût d'être curieux Bébert. C'est bon signe. Tout de même, le bras ça pouvait encore se supporter depuis que Méconille m'avait opéré. Je me branlais de la main gauche, j'apprenais.

Mais aussitôt que je me levais je branlais sur mes talons comme une quille. J'étais obligé de m'asseoir tous les vingt pas. Quant aux bourdons de mes oreilles, c'était pas imaginable comme kermesse. C'était si fort que je demandais à Bébert s'il entendait rien. J'apprenais à écouter ses histoires à travers mon propre vacarme mais fallait alors qu'il cause plus fort, encore plus fort. On se marrait finalement.

« T'as quatre-vingts ans, qu'il me faisait, t'es aussi dur de la feuille que l'oncle à Angèle ma sérieuse, son vieux qu'est retraité de la marine. »

C'était sa famille Angèle, sa femme et légitime en plus de tout, il parlait que d'elle. Elle avait dix-huit ans.

Les autres mecs de la salle y en avait pour tous les goûts, des blessés de toutes les surfaces et profondeurs, des réservistes surtout mais des cons dans l'ensemble. Beaucoup ne faisaient qu'entrer et sortir, pour la terre ou pour le ciel. Un sur trois au moins qui râlait. On était peut-être vingt-cinq en tout dans la salle Saint-Gonzef. Le soir sur les dix heures j'en voyais au moins un cent, alors je me retournais sur mon plume et je tâchais de fermer ma gueule pour pas réveiller les autres. Je me sentais secoué par des vaches délires. Le lendemain je lui demandais à Bébert s'il avait pas vu des fois la môme L'Espinasse venir près de mon plume exprès pour me branler dès que je déconnais. Non, qu'il disait. Il était prudent. Mais je savais bien quand même que j'avais pas tout à fait la berlue. Le temps passe donc. Je me mets finalement tout ce qu'il y a de bien avec la L'Espinasse. Je me maintiens. Ses dents verdâtres me faisaient pas peur au début, même qu'elle avait les bras magnifiques en plus, faut le dire, bien dodus. Je me disais les cuisses doivent être belles aussi.

Je l'enculerais. Je me forçais à m'exciter. Un moment j'ai moins déliré, même le soir. Elle profitait que le gaz était en veilleuse pour venir me dire bonsoir à moi tout seul. C'était dit gentiment... Elle passait pas la main sous les couilles et pourtant je m'y attendais. Ça devenait poétique, le cœur était pris. Même Bébert, il l'a remarqué.

« Si tu veux, comme elle s'incline, tu vas la timbrer la rombière sûrement jusqu'au fin bout du trognon, mais carre ta gueule, j'aime mieux te prévenir, s'il arrive un amputé dans la tôle, parce qu'alors le vent tourne et t'es viré en moins de deux. Je te dis rien mais t'es prévenu... »

Il était dessalé le môme Bébert à pas croire... Bon. Deux semaines passent encore. On sortait pas, on savait pas ce qui se passait dehors mais on avait dû sûrement reculer, le front rapprochait. C'est-à-dire qu'on discernait bien mieux le canon même de l'endroit où nous étions couchés, dans une piaule sur la cour. Y avait aussi les avions ennemis qu'étaient réguliers vers midi, pas bien méchant pour tout dire, trois bombes au plus. Les dames tremblaient dans les petits coins en changeant de voix. Y a une bravoure pour les dames. Méconille il se trissait tout simplement dans ces cas-là par l'escalier. Il revenait ensuite...

« Il me semble qu'il en vient bien plus souvent », remarquait-il.

Ça le gênait.

De mon père des lettres parfaitement écrites en parfait style. Il m'exhortait à la patience, il me prédisait la paix prochaine, il me parlait de leurs difficultés, du magasin passage des Bérésinas, des inexplicables méchancetés des voisins, des travaux supplémentaires qu'il effectuait à La Coccinelle pour remplacer les combattants.

« On a payé ta cantinière, ne recommence pas où tu te trouves, les dettes mènent sûrement au déshonneur. »

Cependant il me félicitait longuement pour ma bravoure. Il m'étonnait alors sérieusement avec la bravoure. Il savait pas ce que c'était, ni moi non plus. En somme il m'inquiétait. J'avais beau me trouver en train de dissoudre dans une putain de mélasse, pas même très croyable tellement c'était fadé, cependant les lettres de mon père retenaient mon attention, tout au fond, pour le ton. Même si on n'avait plus que dix minutes à vivre on chercherait encore de l'émoi tendre d'antan. Dans les lettres de mon père y avait toute ma garce de jeunesse qu'était morte. Je regrettais rien, c'était qu'un fumier puant, anxieux, une horreur, mais c'était quand même mon petit passé de môme pourri qu'il cernait sur les cartes censure, avec des phrases bien équilibrées et bien faites.

D'où que je me trouvais j'aurais bien voulu, question de crever, avoir pour y passer une musique plus à moi, plus vivante. Le plus cruel de toute cette dégueulasserie c'est que je l'aimais pas la musique des phrases à mon père. Mort, je me serais relevé je crois pour lui dégueuler sur ses phrases. On se refait pas. Pousser son couic encore ça peut se faire, c'est tout ce qui précède qui vous épuise la poésie, toutes les charcuteries, les baveries, les torturations qui précèdent le hoquet du bout. Faut être donc ou bien bref ou bien riche. Quand la L'Espinasse venait me peloter à la nuit j'ai bien failli lui pleurer dans les bras par deux fois. Je me suis retenu. C'était de la faute à mon père avec ses cartes. Parce que d'avance je peux m'en vanter, tout seul je suis plutôt courageux.

Vous tenez sans doute à la connaître la ville de Peurdu-sur-la-Lys. Il s'est passé encore bien trois semaines avant que je me lève et qu'on me laisse sortir dans la rue. En fait d'inquiétude j'étais paré aussi. Je disais rien à Bébert. Je crois, je sentais qu'il avait son compte comme inquiétude. Ma seule protection c'était L'Espinasse au fond. Le Méconille il comptait pas, c'est elle qu'était riche, qui l'entretenait l'ambulance.

Le curé passait tous les jours. Lui aussi il

tournait autour de la barbaque, mais il était pas difficile à contenter. Une confession de temps en temps il se trouvait ravi. Il reluisait. Je me suis confessé. Bien entendu j'ai rien dit, que des insignifiances. Pas si con. Bébert aussi s'est confessé.

Méconille lui il était du genre bien plus vicieux, il y tenait à m'extraire la balle. Il me regardait tous les matins le dedans de la bouche et l'oreille avec des optiques de toutes les tailles, pour le faire il en louchait.

« Faudra avoir le courage Ferdinand de vous faire enlever ça... Autrement votre oreille est perdue... et votre tête aussi peut-être... »

Il s'agissait de faire le con, de résister sans le vexer trop. Bébert, à me voir me débattre avec Méconille, il se boyautait. La gonzesse L'Espinasse en retrait elle m'encourageait à la résistance, mais pas trop. On aurait dit que ça la faisait mouiller de me voir résister au Méconille. Elle passait le soir et sans en avoir l'air me réchauffait la bite un bon coup. Au fond c'était ma seule protection, et encore, comme disait Bébert, fallait pas trop que je compte dessus. Tu parles. L'Espinasse tellement qu'elle était dans les huiles de l'état-major elle pouvait, y paraît, me faire recommander six mois de convalo et qu'était refusé jamais.

Mais la série était pas complète. Un matin je

vois entrer un général à quatre galons dans la salle, précédé par L'Espinasse précisément. À la façon de la gueule qu'ils avaient tous les deux, je sens le malheur qui fonce.

Ferdinand, que je me dis, voilà l'ennemi, le vrai de vrai, celui de ta viande et de ton tout... regarde la gueule à ce général-là, si tu le loupes il te loupera pas, où que je me trouve, que je me dis pour moi tout seul. Ça me sépare du monde. À l'instant, y a plus que l'instinct qui me parle et qui se trompe pas. On peut toujours alors m'en donner de la chansonnette, de la foire, de la crème, de l'opéra, des binious, même du cul satiné par les anges du paradis.

J'ai l'intelligence ferme, je me bute jusqu'au trognon, le mont Blanc sur des roulettes me ferait pas bouger. C'est l'instinct qui trompe pas contre la mocherie des hommes. Fini de rigoler. On compte ses balles. C'est marre. Il approche donc le gonze, de mon lit. Il s'assied et il ouvre sa serviette bourrée. Bébert il écoutait bien aussi comment que j'allais me démener. L'Espinasse elle me le présente.

« Le commandant[1] Récumel, rapporteur au conseil de guerre du 92e corps d'armée, vient

1. Qualifié de général plus haut mais les quatre galons étaient bien à l'époque portés par les « commandants » (chefs d'escadron ou de bataillon).

enquêter sur les circonstances où vous êtes tombé avec votre convoi, Ferdinand. Il s'agissait bien n'est-ce pas d'un guet-apens, Ferdinand, comme vous me l'avez raconté... Ce sont des espions qui vous ont traqué sur la route et sur... »

Elle me tendait la perche la gonzesse. Elle m'armait comme on dit. La bouille à Récumel c'était pas du bonbon. J'avais connu forcément bien des gueules de gradés que même en train de fouiner, un rat y aurait réfléchi avant de mordre dedans. Mais le commandant Récumel ça dépassait mon expérience en répulsions. D'abord il avait pas de joues. Il avait que des trous partout comme un mort, et puis seulement un peu de peau jaune et poilue tendue, transparente à travers. Y avait rien que la méchanceté sûrement en dessous du vide. Au fond du vide des orbites, des yeux si intenses alors que le reste ne comptait plus. Des yeux convoiteurs, un peu d'Andalouse. Pas de cheveux non plus, de la lumière blanche à la place. En le regardant celui-là, même avant qu'il parle, Ferdinand, que je me suis redit, tu peux pas aller plus loin. Y a sûrement pas plus canaille, plus effrayant dans toute l'armée française, c'est un spécial, s'il trouve moyen ce mec-là, on te fusille au prochain lever du jour.

Fallait l'entendre alors dans les questions qu'il a posées. C'était tout écrit, mais ce que j'ai remarqué d'emblée et ça m'en a redonné de l'espérance, c'est qu'il savait pas un mot de ce qu'il racontait. C'était tout inventé. Si j'avais eu de l'instruction moi, je l'aurais possédé comme un crabe au moment même. Il bavait. Je sentais bien qu'il déconnait, mais j'avais pas assez d'instruction pour le mettre en boîte. J'aurais fait marrer tous les copains. Il comprenait rien à ce qui s'était passé avec Le Drellière et le convoi. Il voulait avoir l'air de savoir. C'est là qu'il était tout con. Ces choses-là ça s'imagine pas, surtout avec un cœur méchant. Ça se sent et puis c'est marre. Donc rien à expliquer. J'ai laissé parler la môme L'Espinasse, elle savait aussi parler beaucoup comme mon père, pour ne rien dire. Il osait pas l'interrompre. Décidément elle avait de l'autorité partout, c'était une puissante, je lui aurais embrassé les dents. Tout de même ce funèbre, il la voulait quand même ma peau. Il y revenait. Ce qu'il en restait, c'est-à-dire. Il se trémoussait sur la petite chaise en fer, il faisait un bruit de castagnettes avec ses fesses tellement que ça l'agitait. Mais il était tellement à côté dans ses espèces d'insinuations qu'il en était marrant et même pénible. Pour un peu je l'aurais remis sur la voie, je l'aurais aidé. Il me gênait par sa balourdise. Il avait rien compris du tout aux choses de la guerre de mouvement et de la cavalerie indépendante. On l'aurait envoyé un peu se faire tabasser, d'abord chez les dragons.

Alors en revenant il aurait peut-être su, il aurait pris de la culture et de la graine. C'est tout dans la vie de prendre le ton, même pour l'assassin.

« Je vois brigadier que vous n'avez pas retenu grand-chose des ordres précis qui vous avaient été transmis, même pas un seul contenu des messages itinérants qui vous furent sûrement envoyés. J'en compte douze pour les dépêches. Il les tenait... depuis le moment où vous avez quitté la gare de... jusqu'au moment où les événements deviennent si précipités, si inexplicables, c'est-à-dire quatre jours plus tard quand votre convoi est entièrement annihilé par les obus ennemis et forcé d'aller en avant de la ferme comtoise, exactement à sept cents mètres de la rivière... à la suite du dernier revirement et de nombreuses variations sur l'itinéraire *[un mot illisible]* prévu par vos chefs qui demeurent, pour ces changements, tout à fait inexplicables et pour tout dire ahurissants puisque vous vous trouviez *[addition illisible]* alors à quarante-deux kilomètres au nord de la route principale. Pouvez-vous cependant faire un effort, une fois de plus, puisque vous êtes à présent le seul survivant de cette épopée grotesque... Le seul survivant un peu lucide c'est-à-dire, car le cavalier Krumenoy du 2e escadron retrouvé près de l'hôpital de Montluc, n'a pas retrouvé l'usage de la parole depuis bientôt deux mois. »

Je décidais de n'avoir pas plus de parole que Crumenoy. Je me tus. Nous n'avions rien de commun. D'abord il parlait un peu élégant comme mon père. Ça suffisait. Bébert il se bidonnait doucement dans son pucier. Il s'est retourné l'inquisiteur et lui a jeté un sale œil, qui lui a pas porté bonheur d'ailleurs. Je raconterai... Je me pensais, en parlant pas, de quoi qu'il voulait m'inculper finalement ? De désertion devant l'ennemi ? D'abandon de poste ? De quelque chose de gentil...

« C'est bien, qu'il a dit pour finir, j'informerai », et il s'est levé.

Ce mec-là je l'ai jamais revu, mais j'ai pensé souvent à lui. Il faisait un drôle de métier. La môme L'Espinasse c'était ma providence. T'as de la veine, qu'on a dit partout, mais au fond ils étaient jaloux les mecs des puciers d'alentour, tous crevards et geigneux et saignants qu'ils étaient. Ferdinand, que je me suis dit, si le rapporteur te laisse tomber faut que tu te tires. Trouve-toi un alibi, ton bonheur fait des jaloux...

Je voyais bien que le brigadier bicot, celui qui avait un œil en moins, il en perdait même la prudence tellement qu'il aurait voulu la trombiner la rombière.

Deux semaines encore passent. Je peux me lever un coup. J'entendais plus que d'une oreille, de l'autre j'étais comme dans une forge mais ça fait rien, je voulais sortir. Bébert il voulait sortir aussi pour se rendre compte. Ça fait deux qu'on demande la permission à Mlle L'Espinasse ! Cette nuit même elle est revenue encore à mon plume, le gaz en veilleuse, la L'Espinasse, à mon chevet quoi. Elle me soufflait dans le nez. C'était une question de vie ou de mort je sentais bien. Je me suis payé de culot. L'heure ou jamais. Je lui attrape la bouche, les deux lèvres, je lui suce les dents, entre les dents, la gencive avec le bout de ma langue. Ça la chatouillait. Elle était contente.

« Ferdinand, qu'elle murmurait, Ferdinand vous m'aimez un peu... ? »

Fallait pas parler fort, les autres faisaient seulement semblant de ronfler. Ils se branlochaient. *Baoum baoum* à l'extérieur à travers la nuit, y avait un canon continu à vingt kilomètres, peut-être plus près. J'y embrassais les bras pour changer. Je lui mettais ses deux doigts dans ma bouche, je lui mettais moi-même l'autre main sur mon zozo. Je voulais qu'elle tienne à moi la garce. Je lui resuçais toute la bouche encore. J'y aurais rentré la langue dans le trou du cul, j'y aurais fait n'importe quoi, bouffé ses règles pour que le mec du conseil de guerre y soye baisé. Mais elle était pas dupe la mignonne.

« Vous avez eu peur tantôt n'est-ce pas Ferdinand ? du commandant... Vos explications n'étaient pas très raisonnables... »

Je pipais pas. Je la comprenais plus bien... J'ai bafouillé pour la contenance. Elle aimait que j'aye peur. Elle jouissait la vache. Elle s'agitait contre mon plume. Elle avait un puissant foiron de Flamande. C'est comme si elle m'avait fait rentrer dedans tout entier tellement elle jouissait là à fond, à genoux. C'était la prière.

« Demain matin vous irez à la première messe Ferdinand et vous prierez Dieu et lui rendrez grâce pour les protections qu'il vous accorde et l'amélioration de votre état. Bonsoir. »

C'était fini elle avait joui, elle était partie. Les autres boiteux ils se fendaient la gueule. Comme sensation tout ça c'était du bilboquet. Douze balles. Deux balles. Zéro balle... Rigodon...

J'ai guetté le lendemain. Il est rien venu du conseil de guerre. Je demandais des tuyaux sans en avoir l'air aux alités qui avaient des souvenirs de campagne.

« T'en as vu fusiller déjà toi ? » que je demande à l'artilleur, celui justement qu'avait un éclat dans le poumon et puis un autre éclat qui lui avait coupé juste le bout de la langue.

« Ben en ai vu ain au bodo à Sisonne ils iraient chi ma dezu qui a faü y mett en rois fois... Est pas rôle. »

Ça allait pas mieux.

« Eureusement a ajudant, qu'il a ajouté, y a fouu rois bâl encore an la gueueule. »

Avec ça je pouvais facilement me représenter. Je me demandais si on me ramènerait à Romanches pour me fusiller ou si on me ferait ça à Peurdu même. Tout arrive.

Je passais forcément la nuit entre mes bourdonnements, la fièvre et la perspective. Un peu plus j'aurais été la trouver la môme L'Espinasse... et puis merde, j'avais dit que je perdrais pas, je voulais pas perdre. Encore deux jours, encore trois nuits. Toujours rien du conseil. Pour moi ils parlaient pas encore de la caisse du régiment qu'avait été bousillée aussi, fondue dans l'aventure, et pourtant c'était le plus grave en somme pour me coincer mieux, pour un tas de salauds fameux dont j'aurais l'idée qu'au dernier moment. Même dans la fièvre du soir je me débrouillerais quand même pour leur préparer des réponses bien connes. Toujours rien. Je le surveillais pourtant le lever le matin, le jour bien gris du Nord dans les fenêtres bien propres au-dessus des toits flamands, aigus, luisants de pluie. J'ai vu tout ça, j'ai vu la vie revenir.

Avec le funeste et Méconille qui se demandait s'il allait me perdre avant de me trouver la balle, et l'aumônier qui venait deux fois par jour me donner l'éternité, et les vaches bourdonnements qui me faisaient trembler toute la caisse, c'était une vie merveilleuse, une vie de torture, un tourment qui m'enlèverait le sommeil ou presque. Jamais, c'était entendu, je ne connaîtrais plus la vie des autres, la vie de tous ces cons qui croient que c'est entendu comme ça le sommeil et le silence, une fois pour toutes. J'ai vu encore ouvrir la porte à 6 heures à l'infirmière de service, trois, quatre fois et puis sans qu'on l'ait annoncé, un matin, il est arrivé du train un bicot qu'avait eu la jambe bien écrabouillée par un obusier, juste au-dessus du genou.

« Gaffe ta môme, qu'a prévenu Bébert, tu vas te marrer. »

De fait, du moment qu'il est entré dans la salle Saint-Gonzef le bicot, elle me regardait plus qu'à peine. Fallait voir comme elle en soufflait autour de son lit, on aurait dit qu'elle remplaçait un os par du gigot. Tout de suite elle l'a sondé le bicot avec la sonde maxima que je connaissais bien. Il gémissait derrière le paravent. Ils en jouent de la flûte avec nous. Le lendemain matin déjà le médecin l'opérait, une amputation pépère à la cuisse. Du coup elle le quittait plus. Je te sonde. J'étais comme qui dirait [bien jaloux]. Bébert il se foutait de ma gueule. Je te sonde encore. Il était au plus mal le bicot. On l'a entouré d'un paravent. Bébert alors il m'en a raconté davantage. Je voulais pas le croire et pourtant j'étais blindé. Je me dis Bébert il travaille. Ça m'a fait lever pour aller exprès me rendre compte. Méconille il voyait rien. Bébert et moi, c'est-à-dire. Les autres ils étaient pas dans la note. L'Arabe il a pas traîné derrière son paravent, deux jours après il était si mal qu'il descendait au lazaret.

Sûrement qu'il avait été branlé bien dix fois dans la dernière journée, et bien sondé en plus et pas pour rire, par la directrice derrière le paravent. À présent en somme il était mort, on pouvait le faire descendre. J'aurais pu faire du scandale avec ce que je savais mais ça aurait pas mieux valu pour mon matricule. Puisque je me levais à présent et que je pouvais aller jusqu'au bout de la piaule, j'ai pris le culot. Je l'ai regardée bien dans les yeux la môme L'Espinasse.

« Je pourrais pas sortir après déjeuner aujourd'hui en ville ? que j'ai demandé.

— Mais Ferdinand vous n'y pensez pas, vous tenez à peine debout.

— Ça fait rien, que j'ai dit. Bébert il me soutiendra si je chavire. »

C'était culotté de ma part. Surtout qu'en somme, avec l'histoire du conseil, j'aurais pas dû sortir du tout. On pouvait venir me cueillir d'une minute à l'autre.

Les sorties dans cette ambulance c'était assez exceptionnel, des faveurs. Fallait pas se dégonfler.

J'ai dit ce que j'ai dit...

« Je veux sortir bien cinq heures. »

Elle m'a bien toisé la môme, elle a laissé ses

lèvres un instant en suspens au-dessus des dents. Je me dis elle va mordre. Pas du tout.

« C'est bon Ferdinand vous sortez mais avec Bébert alors et vous n'irez pas dans la grande rue, vous devriez sûrement rencontrer le garde de la Place[1] et je serais sûrement blâmée et vous iriez en prison direct je vous préviens. »

J'ai même pas dit merci.

« Bébert à deux heures on taille, mais faut pas qu'ils s'en gourent les autres crevés que c'est la vadrouille. Dans la piaule on dira qu'on va chez un spécialiste et que tu me conduis pour le bras.

— Gi ! » qu'il a dit et on a gueulé du coup bien fort que c'était un spécialiste spécial qu'était venu rien que pour moi et qu'on allait se faire visiter à l'autre bout de la garnison.

Tout de même c'est sournois les blessés. [Ils y croyaient en attendant à la salade]. Ça va. Sur les deux heures on passe dans la rue. C'était une ruelle étroite. Mais le vent frais ça fait du bien.

« Voici la fin de l'hiver Bébert, que je lui dis. Bientôt l'espérance ! Un coup de printemps et je vais bourdonner de la cloche plus que jamais ! Je t'avertirai. »

Bébert il était toujours soupçonneux aussi. Fallait pas qu'on se cogne dans les huiles. Il faisait pas de bruit avec ses chaussons en allant d'une

1. L'administration de la garnison.

porte l'autre, en s'abritant un petit moment. On regardait les jardins, les arbres par-dessus les petits murs en briques. Dans le ciel y avait des coups de canons bouffis et puis des nuages bouffis aussi tout roses et tout blêmes. Les biffetons qu'on croisait, ils portaient d'autres uniformes que les nôtres, tout unis et moins cérémonie. La mode avait déjà changé depuis qu'on était entrés au Virginal Secours. Le temps passe vite. L'air pur ça me donnait bien des petits vertiges mais avec Bébert comme soutien j'avançais quand même. Je reprenais sur le pavé une putain d'envie de vadrouille. J'étais pas mort. Ça me souvenait du temps où je faisais la place tout le long du boulevard avec mes ciselures pour le ma[*gasin*] que ça s'était si mal fini. Fallait pas que je fasse beaucoup d'appels aux souvenirs, ça me gâtait ma journée. C'est incroyable ce que j'en avais pas beaucoup qu'étaient marrants.

Peurdu-sur-la-Lys ça se présentait d'une manière crevante. Pour nous tout au moins. La place au centre toute bordée de jolies maisons bien fignolées en pierre comme un vrai musée. Un marché aux carottes, navets, salaisons dans le plein centre. Ça égaye. Et puis des camions qui foutaient la tremblote en tout, maisons, marchés, gonzesses et bifets de toutes les armes derrière des canons, les mains dans les poches, sous les arcades, à croasser par petits paquets dans les coins, en jaune et vert, des sidis, des Indiens même et des légions, tout un parc d'automobiles... Tout ça tournait à la tremblote *[deux mots illisibles]* comme dans un cirque. C'était le cœur de la ville, de là ça partait, les obus, les carottes et les hommes dans toutes les directions.

Il en revenait d'autres avec des airs écrasés qui défilaient à contrecœur en faisant une ligne de boue qui traversait [les dragons] tout en couleurs de la place. Nous avec Bébert c'est un spectacle qui nous plaisait. On a été se mettre après dans l'ombre d'un petit caboulot, on a regardé le dehors, on s'est instruits peu à peu.

Bébert il était pas plaisant à voir. Il inspirait pas confiance à première vue et cependant c'est un garçon qui avait du fond.

D'abord c'est lui qui payait. Il avait de l'argent.

« Ma femme elle se débrouille bien, qu'il annonçait, c'est une travailleuse, j'aime pas manquer... »

Je comprenais aussi. Je suis pas si con.

La grand-place en somme tout le monde y passait dans cette ville.

« Je suis sûr, que je fais à Bébert, que si on reste assez longtemps on va le voir passer le commandant Récumel...

— Y pense pas, qu'il me fait, regarde plutôt la boniche... »

C'est vrai qu'elle avait du corsage... mais y

avait déjà deux troufions de la coloniale qui lui tenaient les miches, chacun une.

« Elle est en main, que je réponds.

— Tu verras mon Angèle c'est deux fois comme ça question d'être mignonne et tout. Celle-ci c'est de la raclure de chiots, qu'il a annoncé bien fort pour qu'elle l'entende. J'en voudrais pas pour me vernir la bite. »

Et il a glaviοté un grand coup sur ses chaussures mêmes à la boniche, pour me démontrer. C'est elle alors qui tourne les yeux de son côté, elle a visé Bébert qui continue à la toiser avec dégoût. Du coup la boniche elle a fondu dans un vrai sourire, elle a plaqué les deux sergents, elle s'est approchée de lui avec des mines toutes transies et charmées.

« Fais attention grognasse tu vas me faire mal au pied. Apporte-moi deux picons et barre-toi. J'en ferai peut-être mon doublard tiens de la raclure mais faut d'abord que je voye Angèle... »

Et puis il s'est renfrogné derrière le brise-bise d'où on regardait la grand-place et il l'a même pas regardée, la boniche, comme si elle existait pas. Pourtant elle essayait, qu'on aurait dit, qu'il crache encore. Ça lui disait plus rien. Il pensait.

Moi je le laissais penser. Je méditais un peu aussi. J'essayais de me mettre à la hauteur.

« Tu vois, qu'il a fait après un bon moment, c'est plein d'Anglais !... Je vais écrire ça à Angèle...

Maintenant que je sors je vais me démerder... Si seulement j'ai le ripaton qui suppure encore deux trois mois, avec Angèle tu te vas marrer Ferdinand. Tu pourras même leur en envoyer des mandats à tes vieux... Je te la repasserai tiens la boniche, je te la dresserai... Je peux pas mieux faire... Un doublard, j'en trouverai un autre... Les gonzesses comme la L'Espinasse j'y croye pas moi... C'est traître. C'est sadique je veux bien, mais un jour ça se tourne contre toi, tu peux pas les suivre, tandis qu'avec Angèle je sais mon affaire. Tu vas voir si ça rapporte... C'est du chien de chasse... T'en as vu toi des chasses... »

Oui j'avais vu des chasses mais j'aimais mieux pas en parler. En somme on s'était bien distraits. Le picon ça lui portait au cerveau Bébert. Il déconnait un peu, il se vantait. C'était sa faiblesse. Il en a pris deux, et puis trois. La boniche a pas voulu qu'il paye les deux autres tournées. Tout pour elle.

« Me marche pas sur le pied poufiasse », qu'il lui a répondu en remerciements.

Il lui a pincé la fesse seulement, mais alors dur, et partout sous la jupe qu'elle elle faisait la grimace. Si longtemps qu'elle en pâlissait. On s'est levés, on est partis.

« Te retourne pas », qu'y m'a fait Bébert.

Je commençais à bien me tenir. Y avait des civils dans le café en plus des militaires, des flics en civil sans doute, beaucoup aussi. Des marchands de tout, des paysans, des grenadiers belges et des marins britanniques. Un gros piano mécanique qui tapait la musique avec sa mitrailleuse à cymbales. Avec le canon du ciel, c'était drôle. C'est comme ça que j'ai entendu *Tipperary* pour le premier coup. C'était presque nuit à présent. Il s'agissait de rentrer par le ras des maisons. Pas trop vite parce qu'on pouvait pas ni l'un ni l'autre.

« Si je suppure encore pendant deux mois seulement tiens Ferdinand, qu'il continuait Bébert, seulement deux mois, tiens rien qu'avec Angèle, t'entends, rien qu'avec elle, je fais fortune... »

Ça c'était parlé. Seulement fallait pas qu'on se montre. En principe y devait plus y avoir personne dans les rues. Pendant qu'on se planquait il est passé une ronde de cognes et puis tout un escadron de gendarmes et puis des mecs de la police anglaise avec la trique et le brassard. Heureusement c'est un détachement du génie qui nous a sauvés, sans lui je crois qu'on était faits. Des pontonniers avec leurs bateaux retournés sur les prolonges. Un vrai bazar, tout de chaînes, de guimbardes et de poêlons. Y avait de quoi se mélanger dans leur attirail, ça faisait que deux instruments de plus. Nous voilà boitant tous les deux, parmi la nuée qu'avance heureusement dans la direction de notre rue.

Juste au coin on se détache. En trois embardées on touche le coin de la petite porte du Virginal Secours, celle qui donnait sur le lazaret d'en bas. J'aimais pas beaucoup passer par là.

« Ça fait rien, propose Bébert, rentrons pas ensemble, moi je passe par le jardin, je peux pas descendre les marches avec mon pied. Toi passe par en bas. »

J'ouvre donc le portillon. Je fais pas de bruit. Je pousse bien doucement. Ça crie un peu quand même. Je reste un moment à fixer le fond de l'ombre. Y avait encore une porte plus loin, une raie de lumière dessous. J'approche. Je fais encore attention à pas qu'on m'entende. Je sais jamais trop à cause de mes bourdonnements combien je fais de bruit en marchant, combien j'en fais pas. J'approche tout de même. C'était bien un bruit de clou qui gémit dans une planche, et puis du bois encore qui craque un peu, qu'on force... Je me dis c'est là-dedans qu'on est en train de fermer un cercueil. Sûrement que c'est le sidi qu'on installe. Demain y aurait l'enterrement. Ça traînait pas. On était pressé de le virer sans doute le sidi à cause de la gangrène qui sentait déjà fort à travers le phéniqué. Y en avait d'autres dans le lazaret sur les civières qui passeraient après lui, qui sentaient peu. Tout de même où que j'étais derrière la porte j'entendais aussi la personne murmurer des mots et c'était pas la voix du gros Émilien, l'ébéniste qu'on connaissait bien dans la maison et qu'était toujours un peu saoul forcément, et la voix bien idem. Une prière c'était alors, et en latin. C'est pas une bonne sœur qu'est venue là dire un chapelet en même temps?

Je m'intrigue. Je me tâte encore un petit instant. Si je regarde pas je verrai rien. Par-dessus la cloison, il suffisait de se soulever, on plongeait dans le petit réduit. Seulement j'ai cherché un escabeau et finalement je me suis hissé sur des boîtes qu'étaient vides. On aurait dû m'entendre... Je regarde. J'entendais aussi les coups d'échos de canon qui venaient bouffer dans les vitres, et ça résonnait tout autour du sous-sol. Je regarde encore. Alors bien de sang-froid. C'est drôle, j'osais pas le dire mais je m'en étais un peu douté. C'était la voix de la L'Espinasse que j'avais cru entendre parler latin. Et puis alors elle s'occupait. On aurait dit que c'était toute sa vie qu'était dans la boîte tellement qu'elle s'acharnait pour l'ouvrir. Avec le ciseau à froid elle forçait sur le joint, c'est ça qui grinçait. Déjà qu'il l'avait bouclé le cercueil Émilien.

Les deux mains qu'elle y mettait, et elle se faisait mal. À la bougie je voyais pas bien sa tête, surtout qu'elle penchait avec son voile dessus tout contre le couvercle. L'odeur lui faisait rien. Moi si. Je cherche pas à bien comprendre mais d'un coup je me sens dans l'intimité, la vraie. J'en profite. Je tape un peu sur la cloison. Elle relève la tête, elle m'aperçoit en plein dans sa bougie à pas deux mètres d'elle.

Alors là elle me fait peur. Je recule un peu. C'est pas une grimace sa tête, c'était autre chose comme une grosse plaie pâle et toute saliveuse, toute tremblante.

« Saigne avec ta gueule, que je lui dis, saigne charogne ! »

Je l'injuriais comme ça parce que je savais pas quoi dire. Et que ça venait du dedans, et que c'était pas le moment d'avoir du sens. Je trébuche en bas. Je pousse la porte du cagibi.

« Saigne donc, saigne donc ! »

C'était con à dire mais je pouvais dire que ça. Alors elle me vient dessus et avec toute sa figure elle m'embrasse et me suce comme si j'étais crevé aussi et avec les deux bras elle me tenait et elle s'agitait en plus. Et puis elle est devenue lourde d'un coup et elle a relâché tout et elle a glissé par terre et je l'ai retenue.

Elle s'était presque trouvée mal.

« Aline, que je dis moi, Aline ! »

C'était son petit nom que j'avais entendu dire dans les salles. Elle s'est remise d'aplomb dans l'ombre, peu à peu.

« Je vais remonter là-haut, que je fais.

— C'est ça Ferdinand je vous reverrai demain,

à demain. Je suis mieux. Vous êtes gentil Ferdinand, je vous aime bien... »

Elle est sortie par la rue. Elle était presque comme d'habitude. Mais en haut, c'est Bébert qu'était inquiet.

« Je croyais que tu t'étais fait poirer par la concierge », qu'il me dit.

Il avait des doutes. J'allais pas raconter la chose, rien ni à lui ni à d'autres. Faut que les personnes soyent fortes pour que ça fasse pas du tort et puis d'abord ça pouvait me servir et puis ça m'a servi.

*

Je croyais pas beaucoup aux journées nouvelles. Chaque matin j'avais plus de fatigue que la veille à force de m'être réveillé vingt trente fois par les bourdonnements au cours de la nuit. C'est des fatigues qui n'ont pas de nom, celles qu'on tient de l'angoisse. On sait bien ce qu'il faudrait faire dormir pour redevenir un homme comme les autres. On est trop fatigué aussi pour avoir l'élan de se tuer. Tout est fatigue. Cascade[1] il était content tous

1. Le blessé, précédemment nommé Bébert, devient ici Cascade pour la première fois. Il sera bientôt doté d'un prénom et d'un véritable nom. Il est plusieurs fois renommé Bébert, mais le nom de Cascade prévaut désormais.

les matins lui, au pansement, il n'allait jamais mieux son pied. Bientôt il allait perdre deux secondes phalanges, encore la carie. Il aurait pas fallu qu'il marche, même en chaussons, mais la chose lui valait lui aussi des indulgences spéciales de Mlle L'Espinasse... Il ne m'en parlait jamais précisément. Il se méfiait aussi malgré tout.

« Comment que tu t'appelles après tout les belles miches ? » qu'il lui a demandé à la bonne, à la seconde fois qu'on est revenus.

« Amandine Destinée Vandercotte.

— Dis donc c'est un beau nom », qu'il a remarqué Cascade comme si ça le ravissait. « Y a longtemps que tu sers ici ?

— Y a deux ans.

— Alors tu connais tout dans la ville depuis ? Les gens ! La L'Espinasse tu la connais aussi ? Les femmes dis, tu les suces ?

— Oui, qu'elle a dit, et vous ?

— Je le dirai une fois que je t'aurai cassé le cul grognasse et pas avant ! C'est curieux quand même et puis c'est frileux ces mômes-là ! Ça pose question ! »

Il faisait le mécontent, l'insulté. Il en remettait pour m'éblouir. C'est vrai qu'avec Amandine Destinée il avait pas de mal. Jamais elle avait rien vu d'aussi éblouissant.

On y retournait chaque jour après la soupe, à

midi, au café de l'Hyperbole place Majeure. On avait notre coin, notre table à nous. On voyait tout. On était pas vus. Nos sorties du Virginal Secours ça faisait des jaloux. L'Espinasse elle nous avait fait promettre qu'on dirait aux autres merdeux des lits d'à côté que c'était pour un traitement électrique qu'on sortait tous les jours.

« Ça va ! » que je lui ai fait à la môme L'Espinasse.

Comme Bébert, je commençais à savoir parler. Mais quand même je gardais mon secret. Même de Bébert je me méfiais. C'est curieux comme il travaillait dans la vie lui. Jamais de bruit. Il parlait plus volontiers derrière sa main sauf pour engueuler Destinée Amandine qui gloussait d'aise qu'il la traitait avec des noms si sauvages comme elle en avait jamais entendu encore, et en vache il lui pinçait les fesses durement entre deux trots sur le comptoir. C'était un sévère Bébert. Huit jours au moins on est revenus se planquer derrière les brise-bise à l'Hyperbole. Il regardait Bébert toute la place, le mouvement des troupes, des gens, des officiers. Il se faisait l'œil aux uniformes de toutes les armées. Amandine Destinée elle l'aidait.

« Là-bas au coin dans l'espèce de château, c'est l'état-major anglais. Ceux qu'ont des bandes rouges à leurs képis c'est les plus riches.»

Elle savait par les pourboires.

Je l'écoutais [Cascade] moi dès le petit jour. Il me donnait quelques renseignements sur Angèle, qu'elle avait des vrais cheveux acajou qui lui tombaient sur les hanches. Question de reluire elle pouvait jouir douze fois de suite. C'était beau. Elle se trouvait [mal]. Que pour le pompier c'était pas croyable sans exagérer...

« Tu verras ! »

Il avait pas la tête prise lui Bébert. Ces choses-là n'avaient pas été entamées dans son esprit. J'essayais de m'y remettre. Il fallait bien. C'est encore plus atroce la vie quand on ne bande plus. À tort.

« Raconte-m'en encore sur l'Angèle », que je lui disais à voix basse pour réveiller personne.

Il me racontait comment qu'il l'a enculée la première fois [par le fondement], que ça lui faisait mal au début, qu'elle a gueulé pendant une heure.

Le zouave à gauche, le matin, je le croyais chaque fois mort tellement il était pâle au petit jour. Et puis il bougeait peu à peu et se remettait à gémir et sa mort est venue seulement le deuxième mois...

J'essayais de pister la L'Espinasse pour voir celui qu'elle branlait à présent mais y avait tellement de blessés, il en arrivait plein les wagons plusieurs fois par jour, que je m'y retrouvais plus. Peurdu-sur-la-Lys c'était un coin bien intense. On disait qu'il y avait au moins quatre états-majors et douze hôpitaux, trois ambulances, deux conseils de guerre, vingt parcs d'artillerie entre la place Majeure et les deuxièmes remparts. Dans le grand séminaire on avait rangé les réserves de onze villages des environs. Mlle L'Espinasse s'occupait un peu aussi de leur faire du bien à ces malheureux, comme elle disait.

C'est derrière le grand séminaire dans un enclos qu'on fusillait au petit jour. Une salve, la deuxième un quart d'heure plus tard. À peu près deux fois par semaine. De la salle Saint-Gonzef j'avais repéré peu à peu la cadence. C'était presque toujours le mercredi et le vendredi. Le jeudi y avait marché, c'était d'autres bruits. Cascade savait lui aussi. Il aimait pas trop en parler. Seulement il voulait y aller je m'en doutais bien. Voir au moins l'endroit. Moi aussi. Le tout c'était d'y aller seul. On sortait toujours ensemble. Ça s'est trouvé d'une façon drôle qu'on s'est surpris l'un et l'autre. Y avait une course à faire à la gare. Chercher des médicaments. Moi j'aurais pas pu y aller soi-disant à cause que c'était trop loin et trop lourd à porter et en plus qu'il fallait souvent m'empêcher de tomber en route. Le voilà donc qui part tout seul Cascade. Mais je surveillais sa figure qu'était pas tout à fait comme d'habitude. Il pensait à quelque chose pour lui-même.

« J'y vais pas », que je lui dis.

Seulement pendant qu'il était tourné à mettre ses godasses je lui fauche le petit fafiot de la consigne qu'était dans sa capote sur la chaise. Il part. Je laisse passer cinq minutes et puis j'ameute le service.

« Tiens voilà qu'il a laissé le biffeton. Il l'aura jamais son colis. »

Et je pars soi-disant le rattraper.

Voilà, que je me dis dans la rue, l'occasion d'aller voir derrière le séminaire comment c'est...

Je fais attention à pas croiser une bourrique. J'arrive à l'endroit précisément où cette sorte d'impasse aboutit à la rue. À l'extrémité c'est la porte de fer de l'enclos avec des ouvrages. J'y vais. Par le trou je me baisse pour regarder. On voit. C'est une espèce de jardin avec une pelouse et le mur au fond, c'est au moins à cent mètres encore, un mur en meulière pas très haut. Où qu'on les attache ? Y a pas trop moyen de s'imaginer. Enfin on se rend compte à peu près. J'aurais voulu voir les traces de balles. C'est tout silencieux. C'est le printemps à côté avec les oiseaux. Ça siffle comme des balles les oiseaux. Ils doivent planter un nouveau poteau chaque fois. Faut que j'aille à la gare. Je pars. Je l'ai retrouvé pas très loin Cascade. Il avait dû aller bien doucement vers la gare. On s'est rien dit. Il était tout décomposé de figure. Chacun est brave comme il peut. Je lui ai remis son biffeton.

« Va la chercher leur caisse, que j'ai dit.

— Viens avec moi », qu'il a fait.

C'est moi presque qui l'ai soutenu jusqu'à la consigne. J'ai compris plus tard qu'il avait eu un pressentiment rien qu'en me revoyant. Pour rentrer on est passés par l'Hyperbole. Il a rien dit, pas un mot à Destinée Amandine, rien. Elle en pleurait. On a bu tout un litre de curaçao. Cascade je suis certain qu'il a pas dormi cette nuit-là. Le lendemain matin il avait comme un drôle d'air d'intelligence sur sa figure. Faut pas croire qu'il était pas sensible Bébert. La preuve c'est qu'il savait se taire, des heures, à penser comme ci comme ça, droit devant lui. Il avait plutôt une gentille gueule autant que je peux juger des hommes, avec des traits fins et réguliers et des yeux plutôt grands d'idéaliste. Mais en attendant l'âge d'or il était bien sévère avec les gonzesses et d'abord elles savaient bien qu'il avait raison, qu'il était dans la note et la vérité. Moi y me prenait pour un petit con, bien gentil, bien branleur, bien perverti par les travaux réguliers. Je lui avais raconté tout, presque tout. Je défendais seulement la chose de la môme L'Espinasse qu'était plus secrète encore et qui me touchait pour ainsi dire à la vie même.

En attendant on entendait plus parler du commandant Récumel du conseil. On avait que l'enclos où ça se passait et [*où*] Cascade avait eu son pressentiment. Il avait pas dû condenser les preuves encore contre moi de l'aventure. Souvent il me semblait que je l'entendais me parler, mais c'était seulement des paroles d'un peu de délire, le soir, quand j'avais encore la fièvre. Je disais rien pour qu'on m'empêche pas de sortir. La môme L'Espinasse elle me branlait plus, elle venait m'embrasser seulement vers 10 heures. On aurait dit qu'elle était un peu calmée. Le curé il évitait de me parler à présent. Il se doutait sûrement. Le chirurgien Méconille à la manque, il était devenu plus poli aussi. Bébert il notait bien tous ces petits changements autour de nous mais il comprenait pas très bien l'astuce. Toujours est-il qu'il se documentait sur les mœurs de la guerre en ville. À l'Hyperbole, je l'ai dit, dans l'ombre de ce tabac, c'était un bruit du tonnerre de Dieu, surtout en plus du piano mécanique. Quand tout le monde gueulait ensemble ça me faisait à moi-même une espèce de silence dans mon oreille. Bruit contre bruit. Seulement alors j'avais des tendances à me trouver mal. C'était trop fort comme conflit sans doute dans ma tête.

« Viens Ferdinand, qu'il me disait alors Bébert,

tu deviens pâle. Viens, on va se promener au bord de la rivière, ça te fera du bien. »

On allait boiter jusque-là. On regardait les obus éclater dans le ciel bien loin. C'était le printemps revenu derrière les peupliers. On retournait à l'Hyperbole recontinuer son boulot d'observation. Comme défilé de troupe c'était un vrai livre d'images. Le *[trois mots illisibles]* sens ça passait surtout vers 8 heures du soir pour la relève.

Alors ça coulait, roulait comme de la lave les régiments sur la place Majeure de haut en bas, de droite à gauche. Ça roulait vers les arcades tout autour du rond du marché, s'accrochait aux bistrots et ça passait par la fontaine, ça pompait des auges entières parmi des grandes girandoles de lanternes qui [branlaient] entre les essieux. Tout ça aurait comme finalement fondu les uns dans les autres sur la place Majeure si on avait broyé un peu les matières et la viande. Ça a fini par arriver, qu'on m'a dit, un jour que les Bavarois ont tout écrasé dans la nuit du bombardement le 24 novembre.

Alors tout s'est arrêté de graviter sur la place Majeure et les divisions des Belges sont rentrées dans les tripes des Zeelands d'un seul coup de quarante-trois obus qui sont tombés. Dix morts.

Trois colonels ont été pris jouant au poker dans le jardin même du curé. Je peux pas garantir, moi tout ça j'ai pas vu, on m'a seulement raconté. C'était encore bien clinquant toujours et démonstratif à l'Hyperbole quand on y passait nous le tantôt avec Cascade. Faut l'avouer, le grand chagrin à Peurdu-sur-la-Lys de ceux qui passaient deux heures seulement, et ils ont fait monter des hommes sur la place Majeure, c'est pas que ça manquait d'alcools, et des variés, non, c'était les femmes. Amandine Destinée c'était la seule bonne qu'on connaissait bien nous autres et elle aimait seulement Cascade, ça se voyait bien, c'était un cas d'amour à première vue. Les autres biteurs, qu'ils viennent pour elle d'Ypres, de Liège l'héroïque ou d'Alaska, elle méprisait même leurs odeurs. De bordel y en avait pas, c'était défendu par toutes les consignes, et les clandestines c'était poursuivi, enfermé, rejeté par les quatre polices.

Ça se branlait donc dès que ç'avait un peu bu et dormi, ça s'enculait peut-être aussi l'allié, parce qu'à l'époque chez nous c'était pas encore très répandu comme mise en scène. Enfin en somme, du point de vue de Cascade, c'était tout ça autour de nous beaucoup d'argent presque offert. Fallait faire venir Angèle, c'était son avis. J'ai résisté, faut que je le dise, à mon honneur. J'ai résisté jusqu'au bout parce qu'on avait eu déjà suffisamment de périls et de menaces du destin. Il avait beau être marié bien maritalement avec elle et des papiers républicains, ça n'empêche que si on la poirait ici Angèle à Peurdu-sur-la-Lys en train de se faire tromboner au cours du change, il serait pas exempt Cascade, tout pourri qu'était son pied, d'aller refaire sa tête de pipe en moins de deux exactement au premier du 70ᵉ, ou même plus vite encore... Enfin j'aimais mieux pas parler de pressentiment. On se comprenait. Rien n'y a fait. J'aurais dit qu'il était acharné, envoûté à sa perte Cascade. Y a pas eu de cesse qu'elle aye son laissez-passer. La voilà donc ici débarquée son Angèle sans avertir un matin dans la salle Saint-Gonzef. Il m'avait pas menti, elle était bandatoire de naissance. Elle vous portait le feu dans la bite au premier regard, au premier geste. Ça allait même d'emblée bien plus profond, jusqu'au cœur pour ainsi dire, et même encore jusqu'au véritable chez lui qui n'est plus au fond du tout, puisqu'il est à peine séparé de la mort par trois pelures de vie tremblantes, mais alors qui tremblent si bien, si intense et si fort qu'on ne s'empêche plus de dire oui, oui.

Où qu'on était placés nous autres, et moi surtout si je me compare, dans le fond du bocal de douleur, pour que je regrimpe à l'échelle fallait vraiment qu'elle soye tendue sa biologie la môme Angèle. Elle me foutait des coups de châsse pépère dès la minute et m'encourageait. Cascade ça le troublait pas.

« Tu vois Ferdinand je t'ai pas menti, quand elle partira tu regarderas ses fesses, en partant sûrement pour chez les troufions elle provoquera des mutineries, je te l'ai bien dit, elle brûle... Va ma gosse. Tu vas chercher les arcades... le café de l'Hyperbole. Tu demanderas Destinée la boniche, je l'ai prévenue. Tu vas demeurer chez elle... Je passerai te prendre dans l'après-midi avec mon pote. Va faire signer ton laissez-passer chez le commissaire... Ne sors pas avant que je te le dise... J'ai mes idées... Mets-toi en règle... Parle à personne... Si on te questionne tu pleures un peu, tu dis que ton mari est bien malade... Et puis c'est vrai. Et puis tu m'as compris... maintenant taille... »

Moi j'en revenais pas pour l'Angèle, gâteux et tout comme j'étais. J'y aurais sucé le dedans des cuisses. J'aurais payé n'importe quoi si j'avais eu des fonds. Il m'observait Cascade. Il se marrait.

« T'échauffe pas Loulou. Si t'es un pote quand tu rebanderas je te la ferai tringler la mignonne et je veux qu'elle reluise, émue comme pour un officier. Tu vois que je peux pas faire davantage... »

C'était la mode des petits corsages bien minces pour l'été. Je pensais au sien, ça me faisait devant les yeux comme un voile de rêve avec les pointes des nichons et puis j'étais repris par un grand tonnerre de bourdonnement, et puis j'allais vomir un coup aux chiots à cause des vertiges qui me chaviraient quand je m'excitais trop longtemps.

On est sortis comme d'habitude. À l'Hyperbole y avait comme toujours Destinée parmi les soldats et Angèle aussi qui buvait de l'anisette avec des Sénégalais. Ça plaisait pas à Cascade qu'il m'a dit :

« Pour la première fois je veux pas lui faire honte devant le doublard mais si elle se mélange à droite à gauche je la pique dans le gras des fesses... Je l'apprends à promiscuiter. Dis donc ma femme, qu'il lui a dit, t'as pris des drôles d'allures que je vois pendant que je suis blessé... Figure-toi que t'es pas à Paris, que je suis là... T'iras où que je te dirai et pas ailleurs... »

Ça lui plaisait pas la remarque à Angèle, c'était visible. J'étais gêné pour elle. C'est vrai qu'elle était comme nerveuse dans ses allures.

« Tu vois Ferdinand va pas avoir une bonne opinion et pourtant demandes-y, j'y ai fait tous tes éloges. Montre-lui ton tablier à Ferdinand, allez vas-y montre-lui que je dis... ! »

Elle était pas contente alors Angèle, pas du tout. Elle voulait pas. C'était un violent dans ces cas-là.

« Montre-lui, ou je te fous ma canne à travers la gueule ! »

La môme Destinée elle se tenait derrière Cascade. Elle savait pas quelle contenance prendre mais elle tremblait pour Angèle.

Enfin elle a rien cédé Angèle. Lui il s'est ravisé à cause du scandale que ça aurait fait. Elle l'a toisé bien Angèle. Il se dégonflait. Y avait toute la guerre qui nous écrasait là aussi. Il pouvait plus la tabasser sa femme Cascade. Elle l'a bien regardé pendant une minute l'Angèle de haut en bas.

« Tu pues Cascade, qu'elle a dit, tu pues et je t'emmerde et je suis venue pour te le dire et bien en face et je te ferai virer quand je voudrai... »

Ça l'a cinglé en plein dans la gueule, sûrement que c'était la première fois qu'on le traitait de merdeux devant tous les gens, et sa femme encore...

« Chut ! qu'il a sifflé, chut ! qu'il a refait encore. T'as trop bu Angèle si tu répètes un mot là-dessus je te crève à la sortie... »

Il s'était ressaisi.

Ça se passait dans la petite salle du fond mais elle avait gueulé si fort un moment que j'avais peur quand même. Elle continuait pour que je m'instruise mais alors en chuchotant, c'était de la frime. Lui il était écrasé. C'était bien explicable. On a bu finalement, avec son argent à elle. Elle ricanait de le voir tout craintif.

« Je t'ai foutu les foies hein Cascade, je te possède moi... J'en ai marre de ta gueule de raie...

— T'es pas humaine Angèle. T'es pas humaine », qu'il faisait lui.

Il roulait des yeux de merlan frit – il avait peur. Il a quitté l'Hyperbole juste comme la patrouille passait, pour rentrer à l'hosto. Elle nous a refilé quand même un billet de cent francs, et puis bien devant Destinée :

« Vous battez pas, qu'elle a fait. Demain, qu'elle a dit encore, c'est moi qui commande. »

Tout ça c'était pas très important parce que forcément ça se fondait dans toutes les sortes de terreurs et de maladies. Je le rapporte parce que c'est plutôt amusant. Mais Cascade il était terrifié lui.

« Je l'aurais jamais crue devenir comme ça Ferdinand... C'est les étrangers qui sont en train de la perdre. »

C'était son idée à lui. Il s'est couché avec cette idée-là. Au matin il en parlait encore.

Sûrement qu'Angèle elle a perverti la Destinée au bar Hyperbole. Elles faisaient la chambre commune. Et puis elle s'est mise à avoir plus d'idées diaboliques.

J'avais si mal à la tête que je pouvais pas sortir tous les jours. Je le regrettais. J'étais trop mal de partout d'abord pour m'occuper d'elle. L'Espinasse elle me surveillait. Elle m'embrassait plus le soir. Elle me parlait plus. Le zouave à côté, il est mort. Un soir il était plus là quand je suis rentré. La nuit fut pire encore que d'habitude. Je m'étais habitué à lui, ce zouave, à ses dégoûtations, à tout. Qu'il s'en aille, j'en étais sûr, ça serait encore le signe d'un pire. Il pouvait jamais plus arriver que du pire.

Et puis vous allez voir je me suis trompé. On se méfiait avec Cascade de ce qu'elle ferait en ville la môme Angèle avec son permis de séjour. Il avait plus d'autorité sur elle tout maquereau qu'il était.

« Tu sais pas ce que ça peut faire une femme dans ces cas-là. C'est comme une panthère sortie de sa cage, ça connaît plus personne... C'est la connerie de ma vie que je l'ai fait venir. J'ai pensé comme avant... Je la voyais comme avant... Je sais pas ce qu'on a pu lui faire... »

Il se rendait compte.

« Je suis sûr qu'elle en retourne avec tout le monde. Elle va se faire poisser et puis sûrement qu'elle me donnera... parce que je te le dis c'est devenu une donneuse... Voilà qu'ils me la rendent à Paris et malgré que je l'avais rencardée exprès à ma sœur avant de partir. C'est pas croyable. Seulement si je la retrouve à ce moment-là je leur ferai une descente de lit aux cognes tu m'entends, une descente de lit rien qu'avec la peau de ses fesses à l'Angèle tellement que j'aurai souqué dessus avant de la lourder. »

Avec ses deux mains il étendait un grand carré à mes pieds.

Tous les autres mecs sauf les agoniques, ils se marraient à l'entendre fumer contre sa môme. D'abord ils s'en foutaient bien eux de ses histoires à Cascade, ils y comprenaient rien, ils aimaient mieux les cartes que tout, et cracher aussi, et pisser dans l'urinal goutte à goutte en attendant qu'on leur écrive de leur arrière que tout allait bien et que la paix c'était pour bientôt. C'est le canon, vers juillet 15 il s'est rapproché de plus en plus, qu'était devenu gênant. Fallait parler souvent très fort dans la carrée, tout fort pour s'entendre, répéter les cartes. Dans le jour le ciel devenait si brûlant qu'on en avait encore plein les yeux du rouge en refermant les paupières.

Notre petite rue elle était heureusement bien calme. À droite c'était la Lys qui coulait à pas deux minutes. On suivait un peu le chemin de halage, on arrivait comme ça de l'autre côté des remparts, celui qui donne sur la campagne, le versant pacifique en somme des champs. Y avait des moutons sur le versant pacifique qui broutaillaient en pleine verdure. On les regardait avec Cascade bouffer les fleurs. On s'asseyait.

On entendait presque plus le canon. L'eau était tranquille, y avait plus de trafic. Le vent poussait dans les peupliers des bouffées comme des petits rires. Y avait d'énervant que les oiseaux dont les cris ressemblent tant aux balles. Enfin on parlait pas beaucoup. Depuis que j'avais vu Angèle je me disais que Cascade il était au moins autant en danger que moi.

Les troupes passaient pas le long du halage. Tout le trafic était interrompu. L'eau reposait noire avec des nénuphars dessus. Le soleil passe et se carre facilement dans le noir, pour un rien. C'est un sensible. Je commençais à mettre un peu d'ordre dans mes bourdonnements, les trombones d'un côté, les orgues seulement quand je fermais les yeux, le tambour à chaque coup du cœur. Si j'avais pas eu tant de vertiges et de nausées j'aurais pris l'habitude, mais cependant la nuit c'est pour s'endormir que c'est dur. Faut de la joie, du relâchement, de l'abandon. C'était une prétention que j'avais plus. C'est rien ce qu'il avait, Cascade, à côté de moi. J'aurais bien donné mes deux pieds moi pour qu'ils pourrissent, pour qu'on laisse ma tête tranquille. Il comprenait pas ça, on comprend pas l'idée fixe des autres. C'est con la paix des champs pour qui qu'a du bruit plein les oreilles. Faut mieux encore être musicien pour de bon. Peut-être qu'avoir des passions comme L'Espinasse ça occupe tellement? Ou d'être Chinois, qui se console avec les tortures.

Faudrait moi aussi que je me trouve un truc bien délirant pour compenser tout le chagrin d'être enfermé pour toujours dans ma tête. Je pourrai plus jamais rester devant à rien faire avec un truc pareil. Je pourrais pas dire si j'étais fou ou pas, mais il suffisait que j'aye un peu de fièvre pour qu'il commence à m'arriver de drôles de choses. Je dormais plus assez pour avoir des pensées nettes auxquelles on tient. Je tenais à aucune. C'est ce qui m'a sauvé dans un sens, si je peux dire, parce que sûrement qu'en somme j'aurais tout fini sur place. J'aurais pas attendu trop longtemps. J'aurais laissé faire Méconille.

« C'est berceur la campagne, qu'il disait devant les prairies Cascade. C'est berceur et c'est traître quand même à cause des vaches. Moi c'est au Bois que j'ai trouvé mon nom. Je m'appelle pas Cascade en vrai, je m'appelle pas Gontran non plus, je m'appelle Julien Boisson. »

Il m'a mis ça dans la main comme un aveu. Et puis on est partis. Il était travaillé. On évite pour rentrer de passer par la venelle du clos des fusillades. On a choisi des rues bien paisibles, des rues de couvents. Mais là non plus on n'a pas la conscience tranquille, c'est trop calme. On se détache, on se désigne un destin pour marcher au milieu des pavés.

« On va voir ce qu'elle fait », qu'il a dit.

Y avait trois jours qu'on n'avait pas osé y retourner à l'Hyperbole. On tourne donc par la rue où qu'était la mairie puis celle qu'a un escalier monumental qui se déploie en éventail jusqu'au milieu de la place du Centre. On reste là. On inspecte les lieux d'abord avant de traverser. Fallait qu'on se méfie toujours des bourriques, nos sorties étaient pas tout à fait régulières. Les Belges surtout c'était des vaches. Y a pas plus carnes comme policiers. C'est rusé, c'est sournois, ça connaît tous les carrefours de deux ou trois races.

Sur la place Majeure y avait le trafic, la pagaye habituelle, et en plus les parasols du marché qui se tenait à présent tous les jours tellement que ça faisait d'affaires. Un peu sur la gauche c'était la plus belle piaule, celle qu'avait au moins trois étages en pierre sculptée, l'état-major des Britanniques. Fallait voir ce qu'il sortait de là comme automobiles et comme mecs bien habillés. Le prince de Galles il venait, il paraît, chaque fin de semaine. Y avait reçu, qu'on disait aussi, le Kronprinz qu'était venu lui demander un dimanche qu'on tire pas de canon pendant trois heures pour enterrer les morts. C'est vous dire.

Eh bien nous qui on voit? À pas vingt mètres

d'un factionnaire anglais ? Toute garnie de crêpes jusqu'aux pieds ? On la reconnaissait bien quand même. Cascade il se met une minute en arrêt. Il pense. Il a compris.

« Tu vois Ferdinand, elle en retourne... Je te dis qu'elle fait de l'Anglais... »

J'étais pas très compétent mais ça me paraissait bien l'attitude d'Angèle pour le moment. Cascade pense encore.

« Si tu la déranges, remontée comme elle est, tu peux t'attendre à tout Cascade ! Moi je taille...

— Reste là. On va la prendre en douceur. Ou plutôt dis rien que je suis là. Vas-y toi tout seul lui faire ta chansonnette. »

Ça a pas mal tourné. Elle se marrait Angèle. Elle avait fait déjà trois officiers la veille, et rien que des Anglais.

« C'est généreux. J'leur fais ça au malheur. »

C'est ça qui expliquait le voile, elle avait soi-disant déjà perdu son pauvre père dans la Somme et son mari il était là dans l'hôpital à Peurdu-sur-la-Lys. C'était précisément Gontran Cascade le mari et le faux laissez-passer il en faisait foi. Alors c'était régulier, l'officier britannique il prenait une leçon de français avec le sentiment en plus. Rien que la veille elle leur avait fait douze livres.

« T'as rien volé, que j'ai fait moi.

— Non rien et ils ont bien joui, je t'assure, sur mon malheur. »

Elle se marrait avec moi et j'en profitais pour peloter un coup.

Cascade il nous attendait à l'Hyperbole, c'était convenu si je pouvais arranger les choses. J'ai pas manqué. Je peux pas dire que j'la séduisais Angèle mais elle me supportait mieux que son homme. Elle pouvait pas respirer l'apprentie doublard, la bonne Destinée. Elle demeurait pourtant dans sa piaule.

« Ton tapin dis donc, qu'elle lui a dit tout de suite à Cascade, tu pourrais pas lui apprendre à se laver la fente avant de coucher ? »

J'ai cru qu'il allait lui barrer la canette à travers la gueule, mais y avait plus d'homme déjà. Il s'en allait déjà Bébert vers son destin et on aurait dit qu'il le savait.

« Ça te portera pas chance Angèle ce que tu fais là, ça te portera pas chance, souviens-toi bien, tu t'es remontée à Paris pendant que j'étais parti d'une drôle de façon. T'as pas la caisse pour jouer l'homme Angèle, ça te montera à la tête, ça fera ton malheur, plus qu'à moi encore... marque ça. »

Il lui parlait doucement. Il me surprenait.

Avant qu'on parte elle lui a refilé devant tout le monde encore un billet de cent francs. Y en avait pour nous deux. Je demandais plus rien à mes parents. Et puis on les a revus mes parents, et on a revu tout et tout le monde tout d'un coup. C'est revenu comme une bouffée violente des temps finis. Je vais vous expliquer pourquoi. Un dimanche aussi, voilà L'Espinasse qui arrive du bout de la salle avec un sourire fameux et l'amabilité bien dirigée vers moi. D'abord comme j'étais derrière mon traversin à m'astiquer un peu, je me méfie.

« Ferdinand, qu'elle me fait, savez-vous quelle grande nouvelle je vous annonce ? »

Je me dis ça y est, ils me réforment sans m'avoir vu, d'emblée.

« Non ? Vous venez d'être décoré par le maréchal Joffre de la médaille militaire. »

Alors je sors de mon abri.

« Vos chers parents vont arriver demain. Ils sont avertis aussi. Voici votre magnifique citation... »

Elle a lu tout haut pour tout le monde.

« Le brigadier Ferdinand a été cité à l'ordre du jour de l'armée pour avoir tenté seul de dégager le convoi dont il avait mission d'éclairer la route. Au moment où ce dernier surpris par l'artillerie et les renforts de cavaliers ennemis se trouvait aux prises, le brigadier Ferdinand a chargé par trois fois seul un groupe de lanciers bavarois et réussi ainsi grâce à son héroïsme à couvrir la retraite de trois cents [éclopés] du convoi. Le brigadier Ferdinand a été blessé au cours de son exploit.»

C'était moi. Je me dis d'emblée, Ferdinand y a erreur. C'est le moment d'en profiter. J'ai pas eu je peux le dire deux minutes d'hésitation.

De tels retournements des choses ne durent pas. Je ne sais pas si y a un lien, mais le front en face Peurdu il bouge aussi ce jour-là. Les Allemands ont reculé qu'on a dit, un coup d'accordéon. On n'entendait presque plus le canon. Les autres troufions dans la piaule ils en revenaient pas de ma promotion subite. Ils étaient un peu jaloux pour tout dire. Même Cascade il s'intéressait dans une certaine mesure. Je lui disais pas que c'était du roman ma médaille, il m'aurait pas cru.

*

Faut avouer qu'à partir de ce moment-là les choses sont devenues pépères et fantastiques. Il a soufflé un grand vent d'imagination tout autour de nous. J'ai eu quand même un suprême courage, je me suis laissé porter c'est le cas de le dire. J'ai pas cédé à la surprise qu'aurait voulu que je reste aussi con qu'avant à manger du malheur et seulement du malheur parce qu'il y avait que ça que je connaissais depuis mon éducation par mes bons parents et des malheurs bien pénibles, bien laborieux, bien transpirés. J'aurais pu pas y croire à la foire d'imagination où qu'on me priait de monter sur un destrier tout en bois, tout harnaché de mensonges et de velours. J'aurais pu refuser. J'ai pas refusé.

Top, que j'ai dit, le vent souffle Ferdinand, pare ta galère, laisse les cons dans la merde, laisse-toi pousser, croye plus à rien. T'es cassé plus qu'aux deux tiers mais avec le bout qui reste tu vas encore bien te marrer, laisse-toi souffler debout par l'aquilon favorable. Dors ou dors pas, titube, trombone, chancelle, dégueule, écume, pustule, fébrile, écrase, trahis, ne te gêne guère, c'est une question de vent qui souffle, tu ne seras jamais aussi atroce et déconneur que le monde entier. Avance, c'est tout ce qu'on te demande, t'as la médaille, t'es beau. Dans la bataille des cons de la gueule t'es enfin en train de gagner très haut, t'as ta fanfare particulière dans la tête, t'as la gangrène qu'à moitié, t'es pourri c'est entendu, mais t'as vu les champs de bataille où qu'on décore pas la charogne et toi t'es décoré, ne l'oublie pas ou t'es que l'ingrat, le vomi déconfit, la raclure de cul baveux, tu vaux plus le papier qu'on te torche.

J'ai mis toujours la citation dans ma poche avec la signature de Joffre et j'ai recommencé à bomber le pectoral. Ma veine à moi on aurait dit qu'elle l'enfonçait dans sa mouscaille le gars Cascade. Y râlait même plus.

« Du courage Gontran, que je lui disais. Tu vas voir comment que je vais les posséder moi les rombières, L'Espinasse même et les mecs de la réforme, l'évêque, moi, tiens comme j'me sens, j'irais l'enculer tout droit si seulement il me parlait pas au garde-à-vous. »

Ça le faisait plus marrer mes esprits Cascade.

« T'es beau Ferdinand, t'es beau, c'est tout ce qu'il me trouvait. Tu devrais te faire photographier.

— J'y vais chiche », que j'ai dit.

On y a été avec mes parents l'après-midi même où ils sont arrivés. Mon père était comme transi. J'étais devenu quelqu'un soudain. On en parlait déjà plein le passage des Bérésinas de ma médaille, qu'ils disaient. Ma mère elle avait une petite larme, une voix émue. Ça alors ça me dégoûtait même. J'aime pas l'émotion de mes parents. On avait ensemble des comptes plus sérieux. Mon père il était impressionné par l'artillerie qui défilait par les rues. Ma mère elle arrêtait pas de trouver que les soldats étaient jeunes et les officiers bien spécialement campés sur leurs chevaux. Ils lui inspiraient confiance les officiers. Mon père il avait en plus une relation à Peurdu-sur-la-Lys, c'était l'agent des assurances Coccinelle. On a été invités à déjeuner pour fêter ma médaille militaire, et puis même la L'Espinasse aussi. J'étais la fierté de son ambulance et puis Cascade en était puisqu'il avait l'habitude d'être toujours avec moi et puis ma mère a voulu qu'Angèle vienne aussi puisqu'ils étaient mariés. Elle comprenait rien à la situation. On pouvait pas lui expliquer. Ils repartaient d'abord le soir même. On a cherché Angèle, on l'a trouvée au coin de l'état-major anglais comme les jours précédents.

Cascade c'était plus qu'une loque à vrai dire. Il fondait, surtout quand il voyait Angèle. Il rouscaillait plus. Même la Destinée qu'en prenait à son aise. Elle lui reculait sa chaise pour qu'il se gare du chemin des clients à l'Hyperbole. C'était une transformation de l'homme. Je me gonflais grâce à la médaille, lui c'était quelque chose qui le minait au contraire, qui venait de la guerre et qu'il comprenait plus. Il avait plus son bluff pendant que je prenais du poids et puis on aurait dit d'abord qu'il se donnait tout entier au mauvais sort.

« Résiste, que j'y disais, t'es envoûté par ta môme Angèle et pour le moment elle se donne des sales allures j'en conviens bien. Elle profite des situations où qu'on est, mais ça durera pas, tu vas la rattraper quand elle aura reçu le coup dur. Elle sera toujours contente que tu reprennes ses charres et c'est bien urgent.

— Tiens tiens tiens pour un rien c'est moi qui la donnerais aux bourres tellement que je me reconnais plus. Qu'ils me la refoulent sur Paris et qu'elle aille se faire tasser par ses nègres. C'est pas tout qu'elle reste ou pas, c'est bien simple j'la crève ou ce sera moi. C'est malheureux ce que ça vous apporte la guerre, tu diras ce que tu voudras. Je suis sûr qu'elle a un coquin, à moins qu'en plus elle soye gousse et que j'm'en aye jamais gouré *[quelques mots illisibles]*. Je te jure, Angèle c'est un monstre Ferdinand. »

M. Harnache il s'appelait l'agent de La Coccinelle. Pour une jolie maison on pouvait pas faire mieux que la sienne comme confort à l'époque. Il était aimable au possible. Il nous l'a fait visiter dans tous les sens. C'était de l'ancien, ma mère elle appréciait beaucoup. Elle complimentait. Elle plaignait Mme Harnache d'avoir à vivre si près du front. Et les petits enfants mignons, deux garçons, une fille, qui vinrent à table avec nous. M. Harnache était riche depuis toujours, il s'occupait de La Coccinelle pour se donner un but dans la vie.

Ma mère alors elle en revenait pas de l'admirer. Il avait en somme tous les courages et bien des vertus. Si riche, *[quelques mots illisibles]* parmi les troupes si près du front, avec de si jolis enfants autour de lui, réformé pour faiblesse de cœur, dans une si grande et si bien meublée demeure tout en « ancien » avec trois bonnes et une cuisinière, à moins de vingt kilomètres du front, si simple avec nous, si complaisant, nous recevant à sa table dès le premier jour, particulièrement simplet avec Cascade, s'informant, estimant, vénérant presque nos blessures et ma médaille militaire, vêtu d'un complet en étoffe de grand prix, un col bien convenable très haut impeccable, en relation avec la meilleure société de Peurdu-sur-la-Lys, connaissant tout le monde, pas fier du tout malgré tout, parlant anglais comme une grammaire, ornant sa maison de dentelles au filet, ce que ma mère considérait comme la preuve même du haut goût, écrivant à mon père des lettres presque aussi bien que lui-même, pas tout à fait évidemment, mais déjà admirablement, gardant, chose rare à l'époque déjà, les cheveux en brosse, coupe sévère qui fait si propre et si parfaitement masculin et convenable et qui consolide la confiance en vous des assurés éventuels. Ma mère, avec sa jambe « de laine » comme elle disait, peinait pour gravir chaque étage, ne se rassasiant pas de trouver tout admirable dans la demeure de M. et Mme Harnache.

Devant les fenêtres elle s'arrêtait pour souffler, jetait bien un coup d'œil dans la rue aux troupes en flux et reflux et demeurait là un instant, désolée devant cette espèce de carnaval...

« On entend encore le canon », qu'elle faisait.

Et puis elle repartait admirer la pièce à côté où tout témoignait de trésors de plusieurs héritages Harnache. On lui aurait montré des poissons dans un fleuve à la place des troupes dans la rue, elle aurait pas mieux compris ce qui les possédait ma mère, à passer sans arrêt les uns derrière les autres dans un torrent de couleurs. Mon père il se croyait forcé de lui donner des vagues explications toutes imaginaires et de faire le compétent. Harnache lui-même par amabilité il expliquait la formation des troupes [hindoues]...

« Ils marchent aussi deux par deux toujours, il paraît que si l'un des deux camarades vient à être frappé par une balle ennemie l'autre ne lui survit guère. Le fait est.»

Ma mère alors comment qu'elle s'extasiait. Ça lui faisait enfin des sentiments.

« Attention Célestine, que lui faisait mon père, où tu mets le pied par-derrière. »

Il s'agissait de l'escalier si bien astiqué de cette maison modèle.

« Un véritable musée... Comme vous avez de jolies choses chez vous madame... » que n'arrêtait pas de la féliciter ma mère.

Elle attendait en bas devant la salle à manger Mme Harnache avec ses trois enfants. Mon père avait peur qu'elle trébuche devant le monde, ma mère. Elle boitait d'avoir tant parcouru les escaliers en plus du chemin de fer et des pavés de la ville. Il faisait une grimace mon père en pensant à sa guibolle ignoble et maigre. Il était sûr que les autres avaient vu aussi sous ses jupes en montant. Il avait l'air cochon quand même Harnache avec ses petites moustaches de chat. Il devait branler les bonnes. Mon père il jetait un œil de sournois du côté des bonnes, quand elles passaient les hors-d'œuvre. Des grosses jeunes de vingt ans bien girondes. Quand elles allaient vers la cuisine porter les plats fallait qu'elles franchissent deux marches, ça découvrait un peu leurs molletons.

Mlle L'Espinasse est arrivée un peu en retard se confondant en excuses. À l'entrée de la place Majeure elle avait été empêchée par la parade des Écossais débarqués de la veille auxquels leur général remettait leur drapeau.

« Comme c'était beau ! Quels magnifiques garçons madame ! Presque des enfants encore certes mais superbes de fraîcheur, de bravoure et d'endurance !... Je suis certaine qu'un jour ils vont faire des merveilles et donner du fil à retordre à ces ignobles boches, des bêtes, des horreurs !

— Oh oui madame certainement, on lit dans les journaux des détails atroces sur leur cruauté. C'est vraiment pas croyable ! Il devrait y avoir moyen d'empêcher ces choses-là. »

Question d'atrocités on nous ménageait les oreilles à Cascade et à moi. On voulait pas tout dire ce qu'on avait lu dans les journaux. Pour ma mère il y avait certainement un recours suprême auprès de quelqu'un de très puissant pour empêcher les Allemands de se livrer à tous leurs instincts. Il ne pouvait pas en être autrement. Mon père pour une fois était bien de son avis. Si les Allemands avaient pu tout se permettre, alors le monde était différent de ce qu'ils avaient toujours pensé de lui, [il était bâti sur d'autres principes avec d'autres notions], et ce qu'ils pensaient devait rester la vérité. Bien sûr il existait contre les bestialités guerrières le recours suprême. Il suffisait de faire ici auprès de quelqu'un son devoir comme mon père l'avait toujours fait dans sa propre vie. C'était tout. Ils ne concevaient pas ce monde d'atrocité, une torture sans limite. Donc ils le niaient. L'envisager seulement comme un fait possible leur faisait plus horreur que tout. Ils en tapaient dans les hors-d'œuvre convulsivement, ils se congestionnaient mutuellement à s'encourager à nier qu'il n'y eût rien à faire contre les atrocités allemandes.

« Cela ne durera pas. Il suffirait d'une intervention américaine. »

Mlle L'Espinasse hésitait un peu, c'était visible pour nous deux Cascade et moi à s'indigner autant que les autres. Elle nous observait et nous on était bien déférents. Ils parlaient tous une langue bizarre à vrai dire, une grande langue de cons.

Le plus beau c'est qu'Angèle a fini par arriver. Ma mère qui n'en ratait pas une l'a félicitée tout de suite pour sa vaillance d'avoir rejoint son mari dans la zone du danger... si elle resterait encore longtemps... si elle était autorisée...

Angèle elle arrêtait pas de me regarder la médaille militaire en plein les yeux, bien fixement.

Je l'aurais bien tringlée moi l'Angèle si j'avais eu un peu de sommeil d'abord et de sécurité sûre d'un jour ou deux devant moi. Mais la médaille ça me donnait pas de sommeil mais quand même un quelque chose de sécurité. Seulement y avait Cascade.

On est parvenus au gigot. Là alors on s'est arrêtés de penser un moment. J'en ai repris trois fois, mon père aussi, M. Harnache aussi, sa femme deux fois, Mlle L'Espinasse une fois et demie. Ma mère en me regardant manger tant me souriait tendrement.

« Eh bien l'appétit n'a pas disparu au moins », qu'elle faisait remarquer joyeusement à tout le monde...

De mon oreille on ne parlait jamais, c'était comme l'atrocité allemande, des choses pas acceptables, pas solubles, douteuses, pas convenables en somme, qui mettaient en peine la conception de remédiabilité de toutes choses de ce monde. J'étais trop malade, j'étais pas assez instruit surtout à l'époque pour déterminer dessus de ma tête très bourdonneuse l'ignominie dans leur comportement à mes vieux et à tous les espoirs, mais je sentais ça sur moi à chaque geste, chaque fois que je vais mal, comme une pieuvre bien gluante et lourde comme la merde, leur énorme optimiste, niaise, pourrie connerie, qu'ils rafistolaient envers et contre toutes les évidences à travers les hontes et les supplices intenses, extrêmes, saignants, hurlants sous les fenêtres mêmes de la pièce où nous bouffions, dans mon drame à moi dont ils n'acceptaient même pas toutes les déchéances puisque les reconnaître c'était désespérer un peu du monde et de la vie et qu'ils ne voulaient désespérer de rien envers et contre tout, même de la guerre qui passait sous les fenêtres de M. Harnache à pleins bataillons et qu'on entendait ronfler encore à coups d'obus et plein d'échos dans toutes les vitres de la maison. Sur mon bras on ne tarissait pas d'éloges. Ça c'était une blessure plaisante sur laquelle l'optimisme pouvait se déchaîner. Sur le pied de Cascade aussi d'ailleurs. Angèle ne disait rien, elle s'est mis presque pas de rouge.

« Comme elle est gentille cette petite finalement, que m'a confié ma mère après la salade. *[Un mot illisible]* tout à fait *[un mot illisible].* »

Y avait un complot à table. Non seulement on fêtait ma bravoure, on nous relevait le moral à nous les blessés combattants.

Ça a bien duré deux heures tellement qu'on a mangé. Au dessert l'aumônier, le chanoine Présure, est passé pour féliciter mes parents. Il parlait doux comme une dame. Il buvait du café comme s'il avait bu de l'or. Il était sûr de lui. Ma mère hochait de la tête à mesure qu'il félicitait, mon père aussi. Ils approuvaient tout. Ça venait du ciel.

« Voyez-vous mon cher ami, au sein des plus terribles épreuves dont il daigne éprouver ses créatures le Seigneur garde encore cependant pour elles une immense pitié, une infinie miséricorde. Leurs souffrances sont ses souffrances, leurs larmes sont ses larmes, leurs angoisses ses angoisses... »

Je prenais l'air bien ahuri et contrit pour acquiescer à mesure aussi avec tous les autres aux paroles du curé. Je l'entendais mal à cause de mes bourdonnements qui me tendaient autour de la tête comme un casque de vacarmes presque impénétrable. À travers ces sifflements seulement et comme à travers une porte aux mille résonances me parvenaient ses mots tout suintants et fielleux.

Ma mère, elle en laissait sa bouche un peu béante tellement qu'il disait des choses élevées ce curé. On voyait bien qu'il avait l'habitude, il arrêtait pas de dire des choses élevées, comme ma mère d'être dévouée et moi de bourdonner et mon père d'être honnête. On a rebu tous du cognac et du vieux pour fêter encore la médaille militaire.

Cascade il pompait dans le verre d'Angèle, il les lui laissait même pas finir pour l'agacer. Il les lui lampait sous le nez. Il trouvait ça facétieux. C'était une espèce de danse où qu'on était dans la salle à manger de M. Harnache, une danse de sentiments. Ça venait ça allait au milieu de mes bourdonnements. Rien n'était plus stable. On était saouls, tous. M. Harnache avait enlevé sa cravate. On a rebu du café. On n'écoutait plus le curé beaucoup. Y avait que ma mère qui dandinait encore sa tête à hauteur de sa bouche pour suivre les plus élevés sentiments encore à propos des périls de la guerre et des bienfaisances surnaturelles du Bon Dieu.

Avec Angèle, Cascade ils se plaçaient des mots durs. J'entendais pas très bien mais ça claquait.

« Non que j'irai pas... qu'elle disait... non que j'irai pas... »

C'était elle qui le faisait monter. Il me l'avait

dit avant qu'on y aille, son plaisir c'était de la tringler dans les chiots. Elle irait pas. Bon.

« Alors je vais en pousser une ! » qu'il a dit.

Et il s'est levé de sa chaise. Mon père lui-même il était bien congestionné. La troupe passait, s'arrêtait pas, ça cascadait dans la rue comme une averse lourde en fer, la cavalerie, et puis l'artillerie entre les escadrons qui brinqueballe, bute, vacille d'un écho à l'autre. On prend l'habitude.

« Y sait pas ! » qu'a annoncé tout de suite la môme Angèle.

J'ai bien vu ses yeux. C'était du défi. Les prunelles noires qu'elle avait et puis la bouche bien sanglante et provoqueuse et les sourcils dessinés dur au-dessus des douceurs et des attraits. Fallait se méfier. Sûrement que Cascade il se rendait pourtant compte.

« J'en pousserai une si ça me fait plaisir et puis c'est pas toi gueule de raie qui me la fera boucler !

— Essaye, qu'elle a dit. Essaye pour voir un peu pour te rendre compte ! »

Je veux bien qu'elle était bien excitée avec les alcools mais quand même y avait encore des choses qu'elle pouvait pas dire et s'en tirer comme ça.

« Comment, comment grognasse tu oses défier ton homme devant les personnes à présent.

Puisque tu t'es fait retourner par les rosbeefs depuis que je t'aye fait venir ici me voir... De qui que tu te croyes ? Tu leur dis pas à ces personnes comme que je t'aye trouvé au tapin dans le passage du Caire et comment sans moi tu l'aurais jamais gagnée à frimer ta première liquette. Dis encore un mot saloperie que je te carabosse ta putain de gueule de carafe ! Tiens pis t'as même pas mérité... ordure !...

— Ah oui ! » qu'elle lui fait...

Et plus bas, bien concentrée sur ses mots qu'elle avait sûrement préparés en venant.

« Tu te dis que la môme Angèle elle est sûrement toujours aussi con... Hein, c'est ça que tu dis ! Qu'elle va faire un doublard, dix doublards, trois filles de joye et toutes les raclures que Monsieur ramène et qu'ont la fente pourrie, un chiard tous les mois dans l'aine qu'il faut qu'on cueille ensemble, avec deux ou trois véroles chacune qui coûtent, et que la môme Angèle va honorer tout ça, payer les potions et les apéros de la famille avec son cul, toujours son cul, encore son cul... Non ma loute, c'est marre et je t'emmerde, t'es pourri, reste pourri. Fais-toi enculer tout seul, chacun pour soi, voilà mon édition du soir !

— Ah ! Ferdinand. Je m'écrase ! T'as entendu. Tiens je vais te donner ses tripes... »

M. Harnache était à côté, le curé, Mlle L'Espinasse tout le monde était dans l'émotion vive... Il avait déjà le couteau à gâteau dans la main. Il y aurait pas pu faire beaucoup de mal.

Ma mère elle entendait ces horreurs. C'était un ton d'horreur qu'elle connaissait pas. On a retenu Cascade. Il s'est rassis. Il battait de la tête comme un métronome. Sa femme était de l'autre côté heureusement. Elle abaissait pas les yeux pour ça.

« Chantez-nous quelque chose cher Cascade », a fini par lâcher Mme Harnache qu'était trop con elle pour avoir compris rien du tout. « Je vais vous accompagner au piano.

— Bon ! » qu'il a dit et il est allé vers le piano fermement résolu comme pour assassiner.

Il la quittait pas l'Angèle de la toiser. Elle s'énervait plus.

Je sais... tralala tralala que vous êtes jolie-e...
Trala, trala.
Que vos grands yeux pleins de douceurs, eur... eur
Ont capturé mon cœur !...
Et que c'est pour la vie... ie... ie...
Je sais[1]*...*

1. Céline reprend approximativement le refrain de « Je sais que vous êtes jolie », chanson d'Henri Poupon et Henri Christiné écrite en 1912.

C'est Angèle alors qui l'a reprovoqué. Elle s'est relevée exprès malgré le curé qui essayait de la retenir.

« Y a une chose peut-être que tu sais pas dire grand dégueulasse, c'est que t'es marié deux fois... oui deux fois... et avec de faux papiers la deuxième. Il s'appelle pas Cascade mesdames et messieurs... pas Cascade Gontran du tout, et puis il est bigame oui bigame et qu'il est marié avec de faux papiers... que sa première, elle est en mains aussi, à Toulon oui et qu'elle lui porte son vrai nom... que c'est son vrai nom parfaitement. Dis-leur si c'est pas vrai à ces messieurs dames...

— T'en sais plus? dis t'en sais plus! » qu'il s'arrêtait pas de chanter.

La société savait plus quoi faire... L'Angèle elle s'était levée pour aller l'insulter presque sous le nez.

« Si j'en saye encore...

— Eh bien vas-y dis-le tout, pendant que tu y es, dis-le tout ce que tu sais puisque t'es tant mariole. Tu vas voir comment que tu vas sortir. Tu vas voir comment le Julien... il va t'écraser, œuf de pourriture, confiture d'étron. Continue puisque t'as commencé continue...

— J'ai pas besoin de ta permission, pas besoin du tout. Je le dirai bien fort qui c'est qu'a buté à deux heures du matin le 4 août le garde de nuit, au Parc des Princes... Y a des témoins... Léon Crossepoil... la môme Cassebite, ils pourront le dire aussi...

— C'est bien, qu'il fait. Je chante quand même. Tiens écoute raclure de putain si je chante pas encore, écoute. Tu me ferais raccourcir, tiens tu m'entends, raccourcir que même du fond du baquet je chanterais encore si ça me fait plaisir, rien que pour t'emmerder. Écoute.

Je sais tralala trala que vous êtes jolie...
Que vos grands yeux pleins de douceurs...
Ont capturé mon cœur...
Et que c'est pour la vie...
Je sais...

« T'en veux un autre de couplet ! Je te [*les*] donnerai tous *[trois mots illisibles]*. Tous pour que la merde remonte, t'étouffe. Tous écoute-moi bien, et je tremble pas dans les hauteurs hein tu pourras leur dire. Si tu remarques comment que c'est pas grand-chose pour Cascade un petit con dans ton genre.

. . . .
. . . .
. . . .
. . . .

« Je les sais tous les couplets tous tu m'entends et je t'enculerai quand je voudrai.

— Non tu m'enculeras pas, non tu m'enculeras pas ! toi qu'es pas si brave à toi tout seul que le dernier des enculés. C'est qu'un incapable, grande gueule pas même capable de se tenir comme tout le monde de son âge... T'es pire femme que moi, une salope dis pas le contraire, pire femme que moi.

— Comment ! comment... qu'il a fait alors Cascade tout hésitant. Que tu dis ?

— Je dis, je dis... que c'est toi qui t'as tiré dans le pied pour revenir en arrière pour m'emmerder... Dis-leur que c'est pas toi... Hein dis-le ? Voilà comment qu'il est ! » qu'elle a ajouté en le montrant comme un phénomène, c'était du spectacle.

Il se dandinait sur son pied pourri Cascade.

« Je vais chanter quand même pour la France, qu'il a dit à voix lasse. Et puis tiens, qu'il lui a dit encore, tu me feras jamais taire tu m'entends. Elle est pas née la gonzesse qui m'éteindra, elle est pas née... que je dis. Va chercher un homme si tu veux, tu verras s'il me fait taire. Y en a-t-il un là-dedans, bande de connards, qui s'aligne pour me faire taire. »

Personne a rien répondu bien sûr. Le curé il se reculait vers la porte tout doucement. Les autres ils osaient rien bouger. Ma mère elle se retenait pour aller le calmer avec des mots maternels et bien-pensants.

. . . .

. . . .

. . . .

Et puis il est resté là tout vacillant et fier près du piano. Il chantait faux et râpeux. C'est drôle qu'avec l'Angèle il essayait pas de conclure. Elle était presque à côté de lui pourtant. Je remarquais tout parce que c'était comme dans un cauchemar, on a plus rien à faire soi-même qu'à subir les choses... Lui aussi il était un cauchemar, l'Angèle aussi au fond. C'était bien dans un sens. Elle a reconnu.

« Oui que je te dis, c'est toi qui t'es blessé toi-même. Tu me l'as écrit... dis pas que tu l'as pas écrit.

— Et alors ? qu'il a demandé.

— Je l'aye envoyée ta lettre au colonel, oui je l'aye envoyée. Là t'es content maintenant et puis tu vas la fermer ta sale gueule hein tu vas la fermer.

— Non je la fermerai pas, non je la fermerai jamais sale raclure de charogne... toi-même. J'aimerais mieux bouffer des chiots tu m'entends. J'aimerais mieux qu'on m'ouvre le bide avec une clef à sardine que de la fermer à cause de toi...

— Je vous accompagne monsieur Carcasse », qu'elle reprend Mme Harnache.

Elle avait rien compris du tout, elle croyait que c'était une petite dispute...

Angèle alors elle s'est assise à côté de ma mère.

Le régiment de cavalerie il passait dehors à ce moment-là.

C'est bien la fanfare que j'ai entendue. Moi j'ai cru que c'était Mlle L'Espinasse qui se mêlait à elle et qui jouait de la trompette, un grand coup de trompette, bien qu'elle avait un casque. Le casque trois fois haut comme les notes. C'était pas normal.

« Cascade, que j'ai fait, Cascade, que j'ai... Vive la France ! Vive la France ! »

Je me suis écroulé. Tout a cessé dans la salle à manger même la chanson à Cascade. Y avait plus que mes bourdonnements du haut en bas de la maison, et plus loin encore, toute la charge de cavalerie qui dévalait la rue à travers la place Majeure. Les gros obus de 120 qui bombardaient le marché. Je comprenais bien au fond le délire des choses. Un moment j'ai raperçu le convoi, le petit mien convoi, je voulais le suivre. Le Drellière me faisait des signes, brave Le Drellière... il faisait comme il pouvait... moi aussi... [J'ai couru, couru... et puis retombé.]

*

À tant d'années passées le souvenir des choses, bien précisément, c'est un effort. Ce que les gens ont dit c'est presque tourné des mensonges. Faut se méfier. C'est putain le passé, ça fond dans la rêvasserie. Il prend des petites mélodies en route qu'on lui demandait pas. Il vous revient tout maquillé de pleurs et de repentirs en vadrouillant. C'est pas sérieux. Faut demander alors du vif secours à la bite, tout de suite, pour s'y retrouver. Seul moyen, du moyen d'homme. Bander un coup féroce mais ne pas céder à la branlette. Non. Toute la force remonte au cerveau, comme on dit. Un coup de puritain, mais vite. Il est baisé le passé, il se rend, un instant, avec toutes ses couleurs, ses noirs, ses clairs, les gestes mêmes précis des gens, du souvenir tout surpris. C'est un saligaud, toujours saoul d'oubli le passé, un vrai sournois qu'a vomi sur toutes vos vieilles affaires, rangées déjà, empilées c'est-à-dire, dégueulasses, tout au bout râleux des jours, dans votre cercueil à vous-même, mort hypocrite. Mais après tout c'est mon affaire, me direz-vous. Voilà dans la réalité comment les choses se sont arrangées, ou plutôt défaites, une fois qu'on m'a eu ranimé, que j'ai rejoint l'hôpital.

Avant j'ai même reconduit mes parents à la gare qui ne savaient plus où se mettre. J'ai tenu quand même à y aller en vacillant jusque-là. Avec Cascade qui me soutenait, qui crânait quand même sur ses deux cannes. Le curé, L'Espinasse sont partis de leur côté. Angèle on la retrouvait plus. Elle s'est barrée par la cuisine. Mon père surtout il était angoissé par ce qu'il venait d'entendre et de voir.

« Viens voyons Clémence, viens vite », qu'il stimulait ma mère qui boitait presque autant que Cascade d'avoir été assise, « viens vite nous n'avons qu'un train à 11 heures après celui-là. »

Il était plus pâle que nous tous. C'est lui qui s'est rendu compte le plus vite des choses. Moi je bourdonnais encore trop et Cascade il finissait de jouer son rôle du garçon qu'a peur de rien. On était obstrués par de la troupe à chaque vingt mètres. Finalement on est arrivés juste au poil au sifflet sur le quai. Alors on n'a plus été que nous deux ensemble. C'était l'heure de rentrer au Virginal Secours dare-dare.

« On y va? que j'ai demandé quand même à Cascade.

— Bien sûr, qu'il a fait, tu voudrais pas que j'aille au bal?... »

Je dis rien. Dans la carrée on se serait doutés rien qu'à voir les mecs jouer au piquet sous leurs couvertures que c'était déjà répandu la nouvelle.

Ils se parlaient pas beaucoup ensemble mais ils essayaient pas de nous demander des nouvelles de la ville comme d'habitude quand on en rentrait et toujours des saloperies forcément sur les culs, ce qu'on avait pu voir au café, dans la rue, questions de mecs si braves après tout. Rien de comme ça.

C'est l'Antoine, le petit infirmier du Midi, celui qui avait son plâtre près de la porte qui m'a rencardé comme je passais pour aller pisser.

« Tu sais les bourres du corps d'armée sont venus à deux demander Cascade, c'était pour un renseignement qu'ils ont dit... tu le savais ?... »

Tout de suite moi je reviens vers Cascade et je l'écoute. Il répond rien.

« Ça va », qu'il fait.

La nuit est venue. On a éteint le gaz.

Je me disais ça y est, sûrement que les cognes se gourent déjà, ils vont venir au réveil pour le cueillir. J'ai entendu les cloches de 9 heures et puis y a eu un coup de canon pas très loin et puis un autre, et puis plus rien. Sauf le train habituel des roulements de camions et puis la cavalerie et le chuchotage énorme des pieds de biffins qui monte le long des murs quand un bataillon passe. Un sifflet à la gare. Fallait que j'arrange tout ça dans ma tête avant de pouvoir dormir, que je me cramponne bien avec les deux mains dans l'oreiller, que je me tende de volonté, que je repousse l'angoisse de ne plus dormir jamais, que j'agglomère mes bruits à moi, toute ma batterie d'oreille, avec ceux du dehors et qu'à petits coups j'arrive à faire une heure, deux heures, trois, à l'inconscience, comme on soulève un poids énorme et qu'on laisse retomber, pour faillir encore dans une énorme déroute. On pète alors, on pense plus qu'à crever, on revient à la charge du sommeil comme les lapins traqués au cours de la chasse, contre un fossé, qui laissent ça là, n'insistent plus, repartent, espèrent encore. C'est pas croyable comme torture l'univers du sommeil.

Le matin y a eu une accalmie. Des échos d'éclatements, c'est tout. L'infirmière a apporté le jus. J'ai remarqué qu'elle a regardé Cascade pas comme à l'habitude. Sûrement qu'elle savait des choses. C'était une jeune fille du couvent. La L'Espinasse on la voyait plus. Elle était prise à la salle d'opération qu'on nous disait. Je me demandais à part moi quel rôle qu'elle avait pu bien jouer dans ce qui se préparait. Après le jus il est allé aux lavabos Cascade et puis il est revenu faire un piquet avec Groslard qu'on l'appelait, le cardiaque qu'était après le lit du gonze à gauche. Groslard était pas gros dans la réalité, il gonflait des pieds, du bide à cause de son cœur et de l'albumine. C'est tout. Ça le tenait au plume depuis trois mois. Quand il dégonflait d'un coup, on le reconnaissait plus. Alors il s'est produit une chose. Cascade a gagné sur lui quatre parties de suite, lui Cascade qui gagnait jamais d'habitude. Camuset, béquillard qui voyait ça, il s'en excitait et lui a proposé une manille avec deux bicots à faire dans la salle aux pansements pendant que les infirmières allaient déjeuner. C'était défendu. C'est encore Cascade qu'a tout et tout gagné. C'était une chance phénoménale. Un sous-off de la salle Saint-Grévin à côté qui passait par là en revenait pas. Il l'a emmené chez les sous-off pour qu'il fasse un poker avec eux. Il gagnait encore et toujours Cascade. À la fin il s'est levé tout pâle et il a tout quitté du jeu.

« Ça va pas, qu'il a fait.

— Ça va pépère au contraire, que je lui ai dit. Ça va glorieusement. »

Question de le remonter. Il était pas de cet avis. On s'est recouchés pour la visite. Méconille est passé avec deux gonzesses du dehors et un mec en civil qu'on n'avait jamais vu. Au moment où il s'arrêtait devant le lit à Cascade c'est lui qui a demandé :

« Monsieur le major, qu'il a dit, je voudrais qu'on me coupe le pied. Il me sert plus pour marcher... »

Méconille il a eu l'air bien gêné, lui qui d'habitude refusait jamais de couper rien du tout.

« Il faudra attendre encore un peu mon garçon... C'est trop tôt... »

Mais c'était visible qu'il se retenait Méconille. Il aurait pas parlé comme ça d'habitude. Les autres merdeux ils trouvaient pas ça naturel non plus de sa part. C'était tout à fait louche.

Cascade il avait fait la tentative. Il est retombé dans le plume.

« On sort? » qu'il a proposé.

On a vivement été s'en foutre une plâtrée à la cuisine, du riz c'était, et puis on est sortis.

Je croyais qu'on s'en irait à l'Hyperbole mais il a pas voulu.

« On va aller du côté de la campagne. »

Il marchait vite quand même avec son pied. Toujours fallait pas se faire poirer par les gendarmes. Ils devenaient de plus en plus vaches pour la tenue. Si on avait pas de permission régulière c'était chaque fois un vrai drame, fallait que L'Espinasse aille elle-même vous extirper de la gendarmerie. Les cognes anglais étaient pas meilleurs, les Belges bien plus crasses. On avançait comme en terrain battu d'un repère vers l'autre et finalement on est arrivés encore du côté de la campagne comme il l'appelait, celui derrière la ville qu'était opposé au front en somme. La paix quoi. Le canon de là on l'entendait presque plus. On s'est assis sur un remblai. On a regardé. Loin, loin c'était toujours du soleil et des arbres, ce serait le plein été bientôt. Mais les taches de nuages qui passaient restaient longtemps sur les champs de betteraves. Je le maintiens c'est joli. C'est fragile les soleils du Nord. À gauche défilait le canal bien endormi sous les peupliers pleins de vent. Il s'en allait en zigzag murmurer ces choses là-bas jusqu'aux collines et filait encore tout le long jusqu'au ciel qui le reprenait en bleu avant la plus grande des trois cheminées sur la pointe de l'horizon.

J'aurais bien parlé mais je me retenais. Je voulais que ça soye lui qui commence après ce qui s'était passé hier. Le truc des cartes aussi ça demandait une explication. Je crois pas qu'il avait triché. C'était la chance.

Dans un enclos on voyait des [ouvriers] et tous les moines, des vieux, travailler. Ils s'en faisaient pas. Ils taillaient des espaliers. C'était le jardin de leur maison mère. Dans les sillons par-ci par-là un paysan soulevait le paysage avec son cul. Ça fouillait la betterave.

« Elles sont énormes aux environs de Peurdu-sur-la-Lys, j'ai remarqué.

— Viens, qu'il a dit Cascade. On va voir jusqu'où ça va ?

— Jusqu'où quoi ? » que j'ai fait bien surpris forcément.

Ça me paraissait pas bien raisonnable dans notre état d'aller se promener pour le plaisir.

« J'irai pas loin », que j'ai fait.

On est partis droit devant nous. On tournait le dos à la ville.

« Mais on se débine, que j'ai fait. On va jamais avoir le temps de rentrer. »

Il répondait pas. Je me disais que c'était pas la peine d'être porté comme déserteur maintenant que moi j'avais la médaille.

« Je vais encore un kilomètre, que j'ai dit, et puis je me retourne. »

C'est vrai qu'aussi j'ai encore vomi deux fois sur la route.

« Tu dégueules tout le temps », qu'il a même remarqué.

C'était méchant de me dire ça. Bon. On les a pas faits les mille mètres. À trois cents mètres à peine y a un guignol qu'est sorti de derrière une guérite, avec son mousquet et sa baïonnette emmanchée, une vraie furie.

Quand il a eu vociféré un bon coup il s'est demandé où qu'on allait.

« C'est faire un tour à la campagne qu'on va. »

On s'est pas dégonflés. Alors il a remis l'arme au pied, il nous a expliqué qu'on attendait toute une armée en renfort par cette route et aussi que les Allemands étaient juste au ras des collines à présent, au bout de la plaine à l'endroit juste où le petit canal rentrait. Que dans trois ou quatre heures à peine on serait bombardés nous aussi si on restait là. Qu'il fallait qu'on se barre en vitesse.

Comme fut dit fut fait, clopin-clopant. C'était donc bouché partout. On s'est repliés sur le canal après ces explications. C'était des mouvements absurdes de ronde qu'il nous faisait décrire à nous deux Cascade en somme, avec ses lubies à la con. On se remet sur la berge du canal. Je le vois l'ami qui fronce alors tout à fait les sourcils et il repart vers l'eau.

« Tu me fais marrer », que je lui fais pour essayer de couper l'espèce de mouscaille où il s'enfonçait depuis la veille chez M. Harnache au fameux déjeuner. « Tu me fais marrer, t'es sûr de rien du tout, tu sais même pas si l'Angèle a vraiment fait ce qu'elle dégueule, et tu te bouffes les foies... Prétentieuse comme elle est je suis bien tranquille qu'elle a tout dit devant le monde exprès pour t'humilier... et qu'elle a la lettre dans sa poche... »

Il s'est relevé le coin de la bouche Cascade en m'entendant, exprès, par mépris.

« Tu peux dire que t'es malade alors toi... tu vois donc pas comment tout ça rentre les uns dans les autres... »

Je comprenais pas. Je me tais donc. J'avais mon opinion, c'est tout. Il me restait encore de l'argent, vingt-cinq francs de mes parents et sûrement lui encore autant d'Angèle.

« Je vais chercher du pinard, que je propose.

— Rapportes-en trois litres, ça te fera du bien. »

Il me dit ça.

Le bistrot c'était à l'entrée du canal vers la ville. Il me fallait à moi un petit quart d'heure aller et retour.

« Tu m'accompagnes pas ? que je fais.

— J'ai pas envie, qu'il dit. Je vais aller voir si je trouve une ligne à l'écluse et je vais pêcher. »

Je m'éloigne tranquillement, je suis dans mes pensées. J'entends derrière moi un grand *pflouc !* dans la flotte. Avant même de me retourner j'ai compris. Je me retourne. Là-bas à l'écluse le paquet qui s'éclaboussait c'était Cascade forcément. Y avait que nous sur le canal.

« T'es noyé ? » que je gueule.

Je sais pas pourquoi. C'était l'intuition aussi. Sa tête dépassait de l'eau au même endroit et ses deux mains. Il se noyait pas du tout. Il se dépêtrait de la vase. Je retourne. Je me fous de sa gueule alors.

« T'as pas de fond hein, que je lui fais, sale cave ! T'as pas de fond. T'es dans la merde et puis c'est marre. »

Y faisait vilain alors Cascade. Y avait heureusement personne pour nous voir et y faisait assez chier.

« Tu peux pas te noyer là-dedans hein connard, c'est pas profond. Je t'aurais dit... »

Le voilà hissé sur la berge en herbes, avec du mal à cause de son pied.

« T'es pas noyé mais t'auras la crève quand même et la grelotte », je lui dis.

Il ramenait pas.

« Va chercher du rhum et fous-moi la paix. »

Voilà comment il me répond. Je retourne encore. Cette fois-là je ramène un litre de rhum entier, un litre de bière et deux de vin blanc et trois brioches plus grosses que des têtes. On s'appuye sur un peuplier. On se tape la cloche sérieusement. On se sentait mieux nourri et tout. Ça séchait.

« Je voudrais pêcher à la ligne.

— Je sais pas, que je dis.

— Je te montrerai. »

Ça va, j'étais fin saoul du coup. Je reprends la berge jusqu'au bistrot louer des lignes. On m'en donne et des asticots une pleine petite boîte. On trinque encore et on s'y met. On plonge les bouchons.

À peine trempée du bout il attrape un vrai brochet, et puis des petites fritures assez pour remplir un cabas. Moi je prends rien, naturellement. Lui qui a toutes les veines. Sur les cinq heures y avait plus rien dans les bouteilles. À six heures le jour tombe.

« Faut le ramener le poisson », qu'il a fait.

Nous voilà en route. On rentre sans encombre au Virginal Secours.

« C'est la pêche miraculeuse », qu'a dit la sœur cuisinière qui était tourière aussi.

On a pas relevé le mot. Tout de même ça ne dure pas l'ivresse dans ces conditions-là. À peine encore vomi une ou deux fois, j'étais déjà tout dessaoulé. On était trop préoccupés, avertis pour ainsi dire. On avait la nuit devant nous. Et une nuit qui s'annonçait bien épaisse et bien traître. La soupe d'abord comme d'habitude. Mais voilà Cascade qui voulait pas se coucher. Il allait des chiots à la fenêtre du couloir. L'Espinasse faisait son tour, au moment où la concierge baissait le gaz en veilleuse elle est passée derrière lui sans avoir l'air de le voir et puis devant moi elle est restée plantée un moment.

« C'est bien vous, que j'ai dit. C'est bien vous ? »

Elle a pas répondu. Elle est demeurée là encore une minute peut-être et puis elle a comme glissé dans la pénombre.

Alors la nuit a vraiment commencé.

Il s'est assis sur le lit au lieu de se coucher Cascade. Il a commencé à lire, lui qui lisait pour ainsi dire jamais d'habitude. Il s'éclairait avec une bougie. Le voisin était pas content, celui qu'était en face non plus, surtout qu'il y en avait deux qui n'arrêtaient pas de geindre et un autre qui voulait tout le temps pisser. L'infirmière de nuit est venue souffler sur sa bougie. Il l'a rallumée. Il était bien 11 heures déjà. Il avait lu tous les journaux. Il a cherché à lire sur la table du milieu. Il s'est refait de la lumière. Alors l'artilleur du Maroc à la cystite, celui qu'était devant la porte, celui qui ronflait pourtant le plus fort de tous, un vrai caïd, il y a balancé sa canne à travers la piaule au ras de la bougie. Cascade se lève et veut lui murer la gueule. Ça faille tourner en tragédie. On se traitait de cons à pleins tuyaux.

« Bien, qu'il a dit Cascade, si c'est comme ça j'irai lire dans les chiots, je verrai plus au moins vos gueules de raies, puisque je vous gêne pour vous branler plus long, plus court, bandes de lopettes. »

C'était dit. Y a le vieux tringlot du 12, un vrai RAT[1] qui était à l'autre bout, qui était plein de diabète et qui se soulève. Il vire à pleine volée son urinal à travers la rangée des vingt-deux plumards. Il asperge toute la coterie. Ça se fracasse dans une fenêtre. Deux bonnes sœurs qui montent, on se fait silence. Et puis ça repart. Finalement Cascade qui était là [se tire] :

« Je veux plus dormir, qu'il fait. Je vous emmerde tous. »

Il veut remettre ça encore à la bougie.

1. La Réserve de l'Armée Territoriale qui rassemble les soldats les plus âgés.

« Va te faire tringler hé hé sale con et qu'on le fusille vraiment ce mec-là et qu'il nous fasse plus chier. »

Voilà comment qu'ils en avaient assez.

Alors c'est vrai Cascade est allé aux chiots s'asseoir puisque c'était l'endroit où le papillon était allumé toute la nuit.

Il devait être une heure du matin.

« Dis Ferdinand, t'as rien encore à lire ? »

J'ai cherché dans la pièce des infirmières. Je savais où ils les cachaient les bouquins, un carton à chapeau. C'était *Les Belles Images*[1]. Y en avait des volumes entiers. Il a tout pris Cascade. Il s'est passionné c'est le cas de le dire.

« Ferme la porte, que j'ai fait, si il vient quelqu'un... »

Il a refermé la porte. Une heure et puis deux ont encore passé. Il était toujours enfermé dedans, j'osais pas me relever pour que les autres gueulent pas encore.

Enfin un tout petit jour s'est avancé au-dessus du toit d'en face... celui qu'avait plein de dentelles de zinc.

Et puis c'est une voix qu'a fait tout le monde sursauter, une voix bien douce pourtant, une drôle de voix pour un gendarme, presque une voix de femme, mais bien précise, qui savait ce

1. Hebdomadaire pour enfants créé en 1904.

qu'elle voulait, à l'entrée du couloir de la salle Saint-Gonzef :

« Vous avez bien ici le soldat Gontran Cascade, du 392e régiment d'infanterie n'est-ce pas ?

— Il est aux chiots à côté d' vous gendarme », qu'a répondu de tout son organe l'artilleur, l'autre à côté près de la porte.

La porte s'est ouverte.

Cascade est sorti. *Tac, tac* on a entendu les menottes.

Y avait un autre cogne qui l'attendait au bout du couloir. On a pas eu bien le temps de revoir Cascade, sa figure je veux dire. Il faisait encore trop nuit.

Quatre jours après il a été fusillé au cantonnement près de Péronne où son régiment le 418e d'infanterie prenait quatorze jours de repos.

*

Ils me faisaient chier les autres dans la tôle avec leurs faits d'armes. Au moment où qu'on a appris qu'il avait été fusillé pour finir, Cascade, ils se sont mis tous à débloquer à propos de leurs bravoures. C'étaient tous des héros soudain. On aurait dit qu'ils se faisaient des excuses pour avoir été si vaches avec lui pendant les dernières heures. Ils le salissaient. Ils parlaient pas de lui mais ça les tracassait, je voyais bien. À les écouter ils avaient eu peur de rien eux à la guerre. Le tringlot Giboune, lui qui foirait encore dans son froc actuellement quand l'avion de midi passait au-dessus de la turne, il arrêtait pas de pavoiser à propos de sa petite blessure. Ils s'y étaient mis au moins à trois mitrailleuses pour lui filer sa balle en séton dans les fesses. Comme ça. Abloucoum le goumier aux furoncles qui pensait qu'à sa fistule il avait jamais encore vu les balles en vérité mais ça n'empêche pas qu'il avait pris, qu'il disait, au Maroc tout un campement indigène à lui tout seul avec une torche et un cri à lui. Il leur avait fait peur qu'il prétendait. C'est à cause de Cascade qu'ils se mettaient tous à débloquer. Je crois qu'en douce ils en avaient beaucoup d'entre eux assez gros sur la patate. Ils se garnissaient de bobards pour résister aux coups des cieux. Moi j'étais mieux garni qu'eux à cause de ma médaille et de ma citation pépère, mais je me fiais pas quand même. Pour l'expérience je vieillissais d'un mois par semaine. C'est le train qu'il faut aller pour pas être fusillé dans la guerre. Moi je vous le dis.

En tout cas ils étaient jaloux. Je la montrais pas pourtant. Je la mettais que pour sortir en ville. À présent que Cascade était parti j'avais personne pour me soutenir si je vacillais dans un vertige. Je fraternisais pas beaucoup avec les autres pisseux. On commençait à être les pilons dans la tôle. Et tout héros qu'on était plus ou moins, tous bien hypocrites. La preuve c'est qu'on se parlait jamais de la L'Espinasse ni de ce qui se passait en bas dans le lazaret. On lâchait que ce qu'on voulait perdre. Les plus blessés, les plus baveux ils gardaient toutes leurs intentions. Les agoniques ils étaient pas sincères. J'en ai vu, quand L'Espinasse passait, crever en comédie. C'est un fait. Je l'examinais bien la salope avec ses voiles genre céleste qui faisait des papouilles aux plus entamés, qui se préparait des sondages bien jouisseurs, et je me disais qu'en somme au fond elle avait peut-être raison. Elle cherchait la sincérité, les autres en avaient pas. Elle me donnait du courage la L'Espinasse avec son genre. Quand elle passait le soir me baiser, je lui refilais un grand coup de langue dans ses gencives. Je lui faisais un peu mal alors. Je savais bien que c'était sensible. Je commençais à la comprendre, moi je suis honnête. Ce qui veut dire qu'elle s'attachait. Un jour elle me glisse :

« Ferdinand je me suis entendu avec le service de Place. À cause des troubles de votre oreille vous pouvez aller dormir, en attendant votre passage devant le conseil de cavalerie, dans le petit pavillon qui est au bout de notre jardin. On a fait mettre un lit pour vous et vous serez plus au repos qu'ici. Personne ne vous dérangera... »

C'était à écouter. Je commençais à connaître la môme, perfide et tout. C'était une drôle de manière de m'isoler son pavillon. Enfin je déménage. Je laisse la place à un autre.

« Vous me reverrez jamais peaux de fesses. Vous y retournez tous au casse-pipe. C'est moi qui vous croûterai quand vous serez tournés légumes en bas entre la betterave et les chiots. »

Ils se sont bien marrés. À la plaisanterie ils étaient pas méchants.

« Graine de cul, compte tes sales tripes, eh sale con tu vas te prendre les pieds dans ta médaille... »

C'était du tac au tac.

J'emménage. Je fais le tour des lieux du pavillon. C'était correct. Ça semblait sincère comme endroit, au bout du jardin c'était [exactement]. Bien isolé. Rien à dire. On me portait la gamelle. Je pouvais sortir qu'elle avait dit, de 10 heures à 5 heures.

Moi je prends les petites rues. Je vomis discrètement sous les porches quand ça me prend. Il paraît qu'à quarante kilomètres c'est du front partout à présent, devant, derrière. Je me pense où que j'irais si je me barrais. C'est de la terre pourrie partout, que je me disais. Faudrait pouvoir passer dans un pays à l'étranger où on se tue pas. Mais j'avais pas la santé, pas l'argent, pas rien. C'est écœurant quand on a vu pendant des mois les convois d'hommes et de tous les uniformes défiler dans les rues comme des bancs de saucisses, kakis, réserves, horizons, vert pomme, soutenus par les roulettes qui poussent tout le hachis vers le gros pilon pour con. Ça part tout droit, ça chantonne, ça picole, ça revient en long, ça saigne, ça picole, encore, ça pleurniche, ça hurle, c'est pourri déjà, un coup de pluie, voilà le blé qui pousse, d'autres cons arrivent en bateau, il mugit, il a hâte de tout débarquer, sur l'eau il virevolte le grand souffleur, tourne du cul, le beau navire dans la jetée, le voilà reparti fendant les vagues écumantes en chercher d'autres... Toujours contents les cons, toujours à la fête. Plus qu'on en écrabouille mieux les fleurs poussent, c'est mon avis. Vive la merde et le bon vin. Tout pour rien !

Qu'est-ce que je risquais à repasser à l'Hyperbole ? Rien. La môme Destinée je lui apprendrais des choses si elle savait pas encore. Mais déjà Angèle l'avait rencardée. Elle s'en allait pas de la ville Angèle. Mais non. Elle avait des intelligences tout simplement dans l'endroit. Je comprenais ça aussi. La place Majeure c'était de plus en plus entassé, comme un carrefour de tous les mondes. C'était du les uns sur les autres. On avait mis des passerelles pour passer mieux par-dessus les rues qui croisent. Y avait des morts chaque jour à cause des bombardements et de la foule des troufions, mais jamais on avait tant débité dans les alentours. Au marché c'était monstrueux. Les fleurs surtout, on se les arrachait. C'est extraordinaire ce que ça fait marcher les bouquets la guerre. Pour bien des raisons. On avait une sirène, en cas de danger des airs tout le monde soi-disant se planquait dans les caves. C'était magnifique à voir. J'ai vu tout un bataillon tenir à l'Hyperbole pendant une heure que ça a duré l'alarme. Il restait plus rien quand il est sorti, plus un verre. Ils avaient bu le cristal. J'invente pas. Un canon de 75 est monté, tellement il avait peur, chez le notaire avec ses chevaux au premier étage. Voilà. C'est vous dire que ça bardait.

Quand c'était calme, Angèle descendait dans la rue, la veuve. D'abord j'osais pas l'aborder, elle se tenait pas loin de l'état-major anglais comme avant. Juste en diagonale d'où je l'observais derrière le brise-bise à l'Hyperbole. Destinée avait pas compris grand-chose au départ, la grande fatalité qu'était tombée sur Cascade. C'était pas une nature à comprendre. Elle pleurait sincèrement en y pensant mais elle savait pas trop pourquoi. Elle continuait à demeurer dans la même chambre au-dessus du café avec Angèle puisque c'était arrangé comme ça. Et puis d'abord elle était bien fatiguée Destinée parce qu'elle servait de tous les alcools et des apéritifs par citernes, à elle toute seule entre les trente-cinq tables à l'Hyperbole, jusqu'à 10 heures du soir depuis 6 heures 15 du matin qu'était l'heure réglementaire. Encore Angèle qu'était pas croyable comme pernicieuse, je l'ai su plus tard, elle trouvait moyen de la sucer quand elle rentrait avec elle et la faisait jouir des deux trois fois. Et plus que Destinée était fatiguée de servir et plus ça l'excitait Angèle de la faire reluire, et le plus difficilement, plus ça lui semblait bon. Les gens sont enragés.

Bref c'était pas très moral d'aller retrouver Angèle après ce qui s'était passé, mais elle m'a vu revenir sans surprise. On a été dans un autre café pour parler. J'osais pas lui adresser des reproches. Elle me tentait même. J'aurais voulu qu'elle m'explique. Elle évitait cet endroit de la conversation. J'ai laissé tomber Cascade pour me rapprocher encore et la peloter un coup. Elle me laissait faire. Ça m'était dur à cause de mon bras qui me faisait presque hurler quand je serrais fort et mon oreille qui se remplissait de bruit à en exploser quand je me congestionnais la physionomie. Quand même je bandais, c'était le principal. Derrière mes morceaux saignants j'imaginais son cul bien tendu d'espérance. Je revoyais la vie. Bonne Angèle. Elle me sentait tout turgescent. Elle avait les yeux bien noirs et veloutés, pleins de douceur comme la chanson à Cascade, celle qu'y chanterait plus. Elle prenait tout mon cœur. C'est elle qui payait tous les picolos. Je voulais plus demander d'argent à mes parents. J'étais fier et dégoûté.

« T'as raison », qu'elle m'encourageait.

Je l'ai vue s'éloigner à travers la place Majeure. Elle passait entre les bataillons au repos comme l'esprit même de la joie et du bonheur. C'était un sillon gracieux ses fesses qu'elles dessinaient au milieu de cent mille kilos puants de fatigue vautrés là dans vingt mille hommes, altérés à mort. Ça sentait si fort la place qu'elle se pressait de passer à ces moments-là. Et puis elle retournait se mettre de la poudre, c'était son geste favori, à gentille distance de l'état-major du général V. W. Purcell. Il s'en allait sur les 11 heures avec ses deux chevaux alezans le général V. W. Purcell, dans son cabriolet jaune et violet faire un petit tour aux tranchées. Il conduisait lui-même sans en avoir l'air. C'était un homme du monde. Deux officiers montés le suivaient encore d'assez loin, le major d'Irlande B. K. K. Olisticle et le lieutenant Percy O'Hairie, une vraie jeune fille par la distinction et la sveltesse.

Le truc d'Angèle c'était de tomber de l'officier anglais, rien que du britannique, et de la classe élevée, celle qu'a peur d'être vue en train de baiser. Un jour deux jours j'ai compris. J'osais pas lui demander d'aller dans sa chambre. C'était délicat. C'est elle qu'a proposé.

« Dis donc, qu'elle a fait, avec ta médaille t'es gentil, tu fais bien. Tu sais pas ce que j'avais dans l'idée hier soir en me couchant avec Destinée... Non... Eh bien voilà je me disais que tu ferais bien ça, toi, un scandale... tu ferais mon mari... Je l'ai fait à Paris avec "Dédé les petites mains", ça prend toujours et puis c'est bon. »

Je l'ai laissée m'expliquer.

« Voilà je me déshabille hein, comme d'habitude, je laisse le mec se frotter un peu... Quand il est dur, bien dur, je le suce... Alors tu rentres d'un coup dans la tôle sans frapper. J'ai pas tourné la clef exprès pour faire semblant. Je dis merde ! c'est mon mari... Les Anglais alors dans ces cas-là tu parles qu'ils font une sale bouille... Y en a un que j'avais fait à l'Olympia il s'est trouvé mal... C'est eux qui offrent du pognon, toujours eux, t'as pas besoin de te déranger, ils savent... Je l'ai refait vingt fois le business avec Dédé alors je te dis que c'est du tout cuit... Y a pas plus con qu'un Anglais quand ils bandent et *[un mot illisible]* [voyous] et des costauds... Ils sont tout cons quand ils te voient rentrer. Ils savent plus comment se faire pardonner de l'avoir en l'air. C'est marrant. Moi que je fais la compromise. Je pousse des cris, je me roule de me marrer en douce. C'est un vrai coup de cinéma. Tu verras. Tu veux pas dis... T'auras pas à le regretter, mais alors c'est moi qui diras combien que tu touches...

— Gi ! » que j'ai fait.

Moi j'en étais aussi pour l'émancipation du foyer. J'en avais marre d'être fauché, d'être en pièces de la tête depuis les idées, l'oreille jusqu'au trou du cul, je voulais me réparer d'une manière ou d'une autre.

« Je te soignerai moi. Je te ferai baiser comme t'as jamais... Si t'es gentil, si t'es bon môme, tu me boufferas l'oignon comme j'aime... Ça sera comme si on était mariés. D'abord j'ai deux ans de plus que toi, c'est moi qui commande... »

Elle avait de l'intrigue dans les mots qu'elle se servait, j'écoutais qu'elle m'y faisait sautiller de joye l'imagination. Je me tenais plus. Tant qu'il y a du vice y a du plaisir. Je donnais quand même une petite pensée au gars Cascade et puis je me retournais et elle y était plus la petite pensée. Tout le présent était pour Angèle, tout pour le cul. Le salut c'était par là. D'abord c'était pas le moment de me dissoudre en scrupules. Cette fois-là j'en reviendrais plus d'aller dans ces choses-là de l'éducation. Le coup qui m'avait tant sonné si profondément ça m'avait comme déchargé d'un énorme poids de conscience, celui de l'éducation comme on dit, ça j'avais au moins gagné. Ah ! Même à bien regarder j'en avais plus. J'en avais assez marre de me porter d'un jour à l'autre avec un crâne en friche, et surtout d'une nuit à l'autre avec ma tête en usine et mes sensations de parachute. Je devais plus rien à l'humanité, du moins celle qu'on croit quand on a vingt ans avec des scrupules gros comme des cafards qui rôdent entre tous les esprits et les choses. Angèle elle tombait bien pour remplacer mon père et même Cascade qu'avait tout de même quelque chose d'avant-guerre, je le dis. Angèle c'était une jouisseuse, elle avait le goût de l'étranger, des échanges.

Bien. Si je devais remplacer Cascade fallait que je me montre à la hauteur dès le début, c'est-à-dire bien plus affranchi. Je réfléchis et puis je m'avance.

« Ça va, que je lui dis, compte sur moi et pour tout. »

Elle m'emmène dans sa piaule, celle de Destinée c'est-à-dire, pour m'expliquer les gestes à faire, elle me met en scène en somme. Je devais frapper à la porte qui était à gauche du lit du milieu entre la toilette et la malle. C'était une penderie en réalité, et qui sentait la sueur. Comme chambre c'était pauvre forcément mais ça les excitait plutôt les rencontres, qu'elle a dit.

« Parce que tu comprends chez eux ces gens-là ils ont déjà trop de luxe... »

Pour me donner de la garantie, elle se

déshabille. C'est la première fois que je la voyais en combinaison. Elle était dans le genre ondoyant comme nu et pas très grande, plutôt menue même, du délicat en somme mais du résistant. Je vois tout de suite ce qui se passe chez elle. En plus des yeux c'est la peau son genre. Le jour sur la peau des rousses c'est terrible pour le bitard. Ça ressemble à rien comme mirage, à rien d'autre. Des différentes gonzesses on arrive à se défendre, on a une petite façon de résister si besoin aux ondes sur la peau des blondes, des brunes les mieux veloutées, c'est-à-dire les pulpeuses, les réussies, c'est tentant à toucher comme la vie même, plein les doigts, qui résiste un peu, qui reste, c'est du fruit du paradis, c'est entendu. Ça n'a pas de limites, mais quand même on a développé des petites résistances... Tandis que la rousse tire sur l'animal d'emblée. Il sort, il ne demande rien, il a reconnu sa sœur, il est content.

Me voilà donc en train de la sucer l'Angèle en pleine paillasse. Ça me faisait bourdonner ça aussi, à grands renforts de pulsations. Je croyais que j'allais en crever. Elle m'a joui quand même, une fois, deux fois sans s'arrêter. C'était rien pour elle. Je lui mords l'intérieur des cuisses. Question de punir un peu. Alors elle commence vraiment à bien s'amuser. Tout de même j'en pouvais plus. Je me relève pour aller encore vomir un peu. Je fais semblant de cracher seulement.

Fallait tout de même que j'apprenne le truc du placard. Il était l'heure avancée. On regarde encore au loin la place Majeure qui n'arrêtait pas de vivre aussi elle toute sa vie de viande circulante entre les coups de sirènes. Y avait de la lumière à l'état-major anglais. C'était pourtant défendu.

« Demain oublie pas d'être ici à 1 heure. Tu attendras dans la piaule le temps que j'en ramène un. Faut pas qu'on nous voye ensemble dans la rue. Quand t'entendras dans l'escalier des pas, tu te planqueras et tu regarderas par le trou. Quand je suis à poil et qu'il est en position tu frappes et rentres d'autor et t'as l'air étonné... Le reste tu verras ça va tout seul. »

Je me dégrouille de rentrer à mon pavillon. C'était assez inquiétant ça aussi ma manière d'être isolé au bout du jardin. Je pouvais pas faire de plans tellement y avait de choses encore à craindre. La L'Espinasse est venue faire mon pansement et me mettre des gouttes dans l'oreille. Y avait du vent et la pluie d'orage dehors et les chiens qui hurlaient quand elle est partie. Faut imaginer ces situations-là.

Je me suis cramponné pour m'endormir. Il fallait toujours faire l'énorme effort de ne pas céder à l'angoisse de ne plus pouvoir dormir, plus jamais à cause des bourdonnements qui eux ne finiront jamais, jamais qu'avec votre vie. Je m'excuse. J'insiste mais c'est l'air de la chanson. Tant pis, ne soyons pas tristes. Le lendemain disais-je j'étais là, dedans c'est-à-dire, entre la malle et la toilette. J'ai pas attendu longtemps, une heure peut-être, une voix douce et bien timbrée comme on dit. Je jette un œil. C'est un Écossais, il ôte sa jupette, il est à poil fort rapidement. Il est rouquin lui aussi et musclé alors, comme un cheval. Il commence lentement, il parle pas. On dirait un alezan sur elle. C'est bien simple. Au pas, au trot, au galop, et puis il saute l'obstacle, un coup de cul, encore un autre, pas violent, il la bourre que c'est beau. Elle fait la grimace tellement qu'il la défonce. Je l'avais dit qu'elle était fragile. Elle regarde de mon côté. Hein hein, qu'elle fait avec sa bouche.

Elle grimace encore davantage. Elle peut pas s'empêcher de jouir, lui aussi alors. Il lui comprime du coup les fesses si fort qu'on dirait qu'elle va tout entière remonter son ventre à lui tellement qu'il la serre.

Ses mains alors elles me fascinent pendant qu'il travaille, c'est des crampons sur la peau d'Angèle, des crampons bien étalés, musclés poilus comme le reste. J'aurais dû sortir du placard, faire mon indigné à ce moment-là, c'était ma chance. Surtout qu'ayant joui il a attendu un bon moment, toujours sans parler, le pénis exposé, il soufflait seulement comme quelqu'un qu'a trop couru. Je me demande comment qu'il aurait réagi ?

Enfin il est remonté sur la môme à peine qu'il avait repris ses esprits. Elle soufflait encore. Il lui a remis tout. Elle réagissait plus qu'à peine tellement qu'il était puissant l'Écossais. Même du fond de mon casier on entendait encore le canon au loin, et des deux côtés de la ville à présent. Je bandais moi. Je bourdonnais. J'étouffais presque aussi dans mon cabanon, surtout bien penché comme il fallait pour les voir. Je me demandais si il allait pas la crever finalement la môme tellement il lui en mettait des coups fameux en pleines cuisses le costaud. Pas du tout. Elle se laissait porter comme un paquet à la fin. Elle était plus que souple. Elle gémissait seulement un peu ! Il se l'était mise sur le ventre, lui sur le dos c'est-à-dire. Elle était pâle. Moi ça me tenait tellement le spectacle que je collais si bien à la porte qu'elle s'est poussée ouverte d'un coup sur leur furie, là, juste dessous. Je me dis ça va mal aller. Le mec costaud comme ça sûrement qu'il va m'étendre... Pas du tout. Y frémit même pas. Il continue à la labourer l'Angèle. Pire encore peut-être parce que je le regardais. Ça me déconcentre je l'avoue. La môme était sur le mec complètement à poil et bien poilu, presque inconsciente. Elle réagissait plus. Elle se laissait basculer dans un ronflement. Voilà un homme qui n'avait pas baisé depuis des mois. *Yop!* Il lui en foutait encore un temps de galop. Elle essayait de le dégager d'elle pour crier. Il l'étouffait bien avec sa bouche. Enfin il a joui encore un grand coup brutal en crispant les jambes loin comme si on l'avait planté d'un coup en plein dans le trou du cul.

J'ai cru alors qu'il allait la tuer tellement il jouissait. De chaque côté des fesses il y avait des énormes sillons tellement il était crispé sur la môme. Et puis tout doucement il s'est détendu comme mort aussi lui et il est resté là bien mou, au moins trois minutes sur elle. Je bougeais pas. Il a grogné et puis il a regardé de mon côté et il m'a souri bien gentiment. Pas énervé du tout. Il se met un pied par terre, le voilà debout qui se rhabille à côté de la fenêtre et il me parle toujours pas. Il fouille dans sa poche, il sort une livre, il la met dans la main de la môme qui était toujours sonnée sur le dos à retrouver son esprit.

En tâtant la livre elle le retrouve et nous regarde tous les deux. Ça l'étonnait. L'Écossais était rhabillé avec sa jupe, son baudrier et sa petite badine, bien content. Il se baisse pour l'embrasser, il l'embrasse et il dit toujours rien et s'en va. Il repousse la porte bien doucement.

C'est un mec qui s'en faisait pas. Angèle elle avait du mal elle à se remettre debout. Elle se tâtait le bas du ventre à deux mains. Elle avançait avec des précautions pour se laver la vulve au bidet. Elle soupirait encore, moi aussi.

« C'était comme un orage, que je dis, moi toujours poète.

— Possible, qu'elle répond, mais c'est toi qui l'es rien con. »

Du coup c'était sans réplique.

« Demain, qu'elle fait, t'attendras pas dans le débarras. Tu te poseras au coin d'en face, à la terrasse de l'Hyperbole et puis tu regarderas bien la fenêtre quand je pousserai le rideau, tu verras bien ? Et puis alors tu monteras... Tu frapperas pas à la porte. Tu pousseras. T'as compris ?

— Oui, que je fais.

— Alors barre. »

Je veux l'embrasser.

« Tiens bouffe son foutre. »

Elle s'en sortait plein le creux de la main... J'ai pas insisté, mais je voulais pas la vexer, j'avais pas les moyens.

J'ai pas passé une bonne nuit non plus. Je me demandais si je ratais une autre fois son truc du tapage au miché comment qu'elle allait réagir l'Angèle. C'était tout mon espoir Angèle.

Dans Peurdu-sur-la-Lys, il était question d'évacuer tous les malades et les blessés, surtout ceux qui pouvaient marcher déjà. La ville était plus sûre du tout. Sur la place Majeure y avait du vertige constant à cause des explosions. L'abreuvoir était détruit. Les régiments de passage, tellement c'était repéré[1], se grouillaient de se planquer, ils se précipitaient dans les petites rues comme pour un incendie. Y avait des paniques pire que dans les batailles et avec de la rigolade en plus à cause des cafés ouverts jusqu'à la dernière minute. J'ai vu un mec, un zouave, arriver à l'Hyperbole juste au ras du zinc poussé par une cohue de troufions qu'une marmite entassait sous les arcades. Le mec a juste le temps de se commander un blanc gommé ! Il se plie en deux. C'était fait. On était donc sonnés jusqu'entre les tables. Fallait boire vite. Je passe.

Le lendemain à une heure, en avance, je me pose où elle m'avait dit Angèle. J'attends les choses. C'était presque calme par hasard. Du train des équipages à l'infinie soif et poussière des convois, qui n'arrêtent pas de passer, la branleuse de petits camions qui pousse toutes les armées, jusqu'au bout des guerres, d'une roue qui tremble à l'autre roue, à la chaîne qui tombe, aux deux bourrins qui butent toujours ensemble, aux deux mille trois cents essieux

1. En langage militaire signifie que l'ennemi a des vues sur la zone et peut déclencher des bombardements à bon escient.

qui hurlent après la graisse, à cet écho de grêle dont toute la rue se bourre tant qu'il n'est pas passé. Tout le barouf s'éteint, sauf un cheval qui hennit *[trois ou quatre mots illisibles]*. Une heure passe. Je me dis Angèle étrennera pas. L'heure de la sieste est passée où l'Anglais baise volontiers, le soir il est trop saoul. Pourtant y avait du monde qui sortait de l'état-major anglais, du bien nourri. Des gros, des vieux, des jeunes, de tout, à cheval, à pied, en automobile même. Peut-être que je suis viré ? me disais-je tout simplement.

Encore une heure à regarder les choses. Destinée m'approche. Elle avait pas compris ça non plus. J'explique rien. Elle me fait des mines affectueuses. Ça va.

Bon. Le rideau bouge je me trompe pas, au deuxième étage. Je me presse autant que je peux. J'avais pris certainement une grande résolution. Je me défends même des vertiges. Un étage. Deux étages. Je ne toque pas la porte. Je cogne dedans. Le mec qu'était au plumard et sur Angèle alors il bondit. C'était un vieux, il avait plus qu'une culotte kaki. En haut il s'était mis à poil. Il portait l'effroi sur sa figure. Moi aussi. On était effrayés tous les deux. Angèle elle se marrait du coup.

« C'est mon mari ! qu'elle lui disait en se bidonnant. C'est mon mari ! »

Vite il se rentre la queue dans sa braguette. Il tremblait du haut en bas, moi aussi. Il était trop effrayé pour s'apercevoir qu'on y faisait du simulacre. Il avait peur, il m'en donnait du culot.

« Money ! Money ! que je lui fais alors moi. Money ! » tout en grelottant et courageux du *[un mot illisible].*

L'Angèle qu'insistait :

« Mon mari ! oui ! mon mari ! my husband ! my husband ! »

Elle se présentait tout écartelée des cuisses, sur le lit avec des gestes branques. Elle s'en donnait sur le band d'husband qu'elle avait retenu tout de suite comme mot.

« Celui-là il est pépère alors. Tape-lui sur la gueule Ferdinand », qu'elle m'encourage en bon français.

C'est vrai qu'il était offert pour un débutant comme moi. Les jours se suivent et se ressemblent pas. Je prends mon élan, du gauche pas trop fort. Je lui mure un peu le plat de la joue. Au fond j'ai peur de lui faire mal.

« Cogne-le donc eh con », qu'elle me fait.

Je recommence. C'était facile il se défendait pas. Il avait les cheveux blancs, sûrement qu'il avait au moins cinquante ans. Je lui en place un solide alors en plein tarin. Ça saigne. L'Angèle alors elle change de disque. Elle se met à pleurer. Elle se précipite à son cou.

« Protège-moi, protège-moi, qu'elle lui souffle. Prends-moi maintenant. Baise-moi maintenant, qu'elle me fait en douce, tête de lard. Baise-moi. »

J'hésite.

« Fais donc ce que je te dis enculé. Sors ta bite. »

Je la sors. Mais elle retient toujours le mec par le cou. Elle l'étreint et moi je l'étreins. Elle se pose bien pour que je l'enfile. Elle lui pleure plein la figure. Elle jouit comme une fontaine. Lui alors il en avait de toutes les couleurs des sensations, il faut le dire. Il se tenait le nez. Elle lui fouillait la braguette. On soufflait tous ensemble.

« Fous-moi des gifles maintenant », elle me commande.

Ça alors c'était de bon cœur. Je lui en balance une bonne douzaine à ébranler un âne. Lui alors du coup il croit que l'assassinat va recommencer.

« Non ! non ! » qu'il fait.

Il saute vers la poche de sa tunique sur la chaise. Il me montre son pèze, une poignée de fafiots.

« Les prends pas, qu'elle me fait. Habille et barre. »

Je me reboutonne et je me rajuste. Lui alors il insistait, il voulait absolument que j'en prenne. J'entendais pas ce qu'il disait. Je bourdonnais trop. Je vais jusqu'au seau de toilette pour dégueuler. Il m'aide compatissant, il me tient la tête, pas rancunier.

Angèle parlait anglais. Elle lui expliquait :

« My husband. His [honneur], rendu malade ! malade ! sick !... »

Je me remarrais en dégueulant. Il était velu le miché, jusqu'aux épaules. Tout gris du poitrail à vrai dire. Ses yeux forcément il savait plus où les mettre.

« Pardon ! Pardon ! » qu'il me demandait.

Je suis sorti sans lui accorder, dignement quoi. J'ai attendu dans l'escalier une demi-heure. Et puis je suis retourné vers ma piaule, je pouvais plus attendre. Je tenais plus debout. Pourvu que ça marche, que je me disais.

Après la soupe c'est Angèle qui vient en personne et avec le sourire. Ça me rassurait bien.

« Combien il t'a donné, que j'ai dit.

— Ça te regarde pas, qu'elle me fait, mais tout va bien. »

Elle était pâle quand même je remarque.

« D'abord il est pas ce qu'on croye l'Anglais, c'est un homme qui vaut mieux que ça !

— Ah ! que je fais. Comment que t'as découvert ?

— On a parlé voilà tout. »

Elle m'indiquait que je comprenais pas les finesses.

« Alors ? quoi que t'as décidé ?

— Eh bien voilà ! Quand t'as été parti je lui ai fait comprendre que t'étais tout à fait méchant ! Que tu me martyrisais ! Que t'étais jaloux et dépravé comme tout !... Plus que je lui en raconte plus il voulait que je lui en raconte... Alors j'ai voulu voir si il était vraiment riche. Ça c'est pas facile d'être sûr. Ils mentent toujours quand il s'agit du pognon... Mais je voulais savoir quand même avant de me réserver à ce con-là parce que figure-toi qu'il m'a proposé tout de suite de m'emmener en Angleterre...

— Dis donc !

— Et puis alors il veut me faire là-bas une situation. Quel âge que tu crois qu'il a... ?

— Cinquante ans quoi.

— Cinquante-deux, il m'a montré ses papiers, tout. J'y ai fait tout montrer. Il est engineer... C'est du génie... Il est ingénieur en réalité, il est mieux que ça, il a trois usines à Londres, voilà ce que c'est. »

Je voyais qu'elle était bien contente Angèle, mais je la voyais déjà débinée pour de bon.

« Alors moi ?

— Il t'en veut pas eh, [sucette] ! J'y ai fait comprendre que t'étais bon mec au fond sauf tes gros défauts et ta violence, que t'avais apprise à la guerre, qu'il fallait te pardonner parce que t'étais salement sonné à l'oreille et à la boule et que t'étais même le plus brave de ton régiment, la preuve que t'avais une médaille. Il veut te revoir... Il veut faire aussi quelque chose pour toi...

— Merde. »

Je comprenais plus.

« Demain à 3 heures on se retrouve tous au bistrot à la sortie du canal, tu sais à l'écluse. Allez va, branle-toi bien, salut, je veux pas faire attendre Destinée, elle a peur la nuit, elle ferme la porte d'en bas. »

La voilà barrée.

Encore quinze heures d'horloge à passer, que je me dis, avant la rencontre. J'aime mieux pas sortir de chez moi. Je sentais tout autour le destin si fragile que c'était comme des craquements partout autour dans le plancher, dans les meubles quand j'avançais dans la piaule. Finalement je bougeais plus. J'attendais. Vers les minuit y a de l'étoffe dans le couloir qui remue, c'était L'Espinasse.

« Vous êtes bien, Ferdinand ? » qu'elle me demande derrière la porte.

Je vais t'y répondre, que je me demande. Je vais t'y répondre ? D'une toute petite voix presque endormie :

« Ça va bien Madame, que je fais, ça va bien...

— Alors bonsoir Ferdinand, bonsoir. »

Elle est pas rentrée.

Le lendemain au canal, je passe devant la petite terrasse et près du caboulot. Je passe l'écluse et je me pose en instance derrière le peuplier là, à bien cinquante mètres, invisible. J'observe. Je veux pas me mettre en valeur. Voir d'abord. J'attends. Je commençais à savoir me servir de la nature qui est une question d'attente. Elle d'abord, arrive et s'installe. Elle commande un panaché. C'est drôle les modes de quatorze elles ont pas duré longtemps. C'était déjà complètement l'opposé en quinze. Un feutre cloche qui ressemblait à un casque, qu'elle enfonçait sur les yeux avec une voilette et qui lui agrandissait encore les yeux qu'il y avait plus que ça dans sa figure. Ils me tracassaient moi ses yeux même de loin d'où je me trouvais. C'est pas douteux qu'elle avait de l'influence Angèle sur les parties mystérieuses de l'âme comme on dit.

L'autre connard il est arrivé, l'Anglais « ingenir » tout doucement par le chemin de halage. Il avait un petit bide en réalité. Habillé, c'est curieux il portait plus ses cinquante ans qu'à poil.

Comme uniforme il était kaki comme les autres l'engineer et puis il devait être de l'état-major parce qu'il portait la bande rouge à sa casquette, et la badine forcément et les bottes alors qui valaient bien cinq cents francs.

Il se met en face des yeux d'Angèle et puis ils se causent. Quand ils se sont bien causé je m'approche en boitant pour faire bien blessé.

Je le regarde à froid et il a l'air bien convenable et même tout à fait bienveillant. On s'installe. Je me mets à mon aise. Il me regarde avec tendresse, je peux bien le dire. Angèle aussi. Je me sens peu à peu comme leur enfant. On commande quatre canettes, et un repas complet pour moi. Ils me gâtent tous les deux. Quand je pense que c'est en face que j'ai vu Cascade essayer de se noyer. Je ramène ce souvenir de ma vase. Je le cache. Je ne dis rien. Angèle est bien oublieuse quand même. Le major il me demande mon nom. Je lui donne. Il me donne le sien. Cecil B. Purcell qu'il s'intitule, major Cecil B. Purcell K. B. B. Il me passe sa carte, c'est marqué. Il est du corps des Ingeneers, c'est marqué sur un autre papier. Le portefeuille est plein, bondé de biffetons par le fait. Je louche. Avec ce que je vois y a de quoi faire douze fois le tour de la terre et tant et tant qu'on ne vous retrouve plus.

« Dis donc Ferdinand. Il veut nous emmener tous les deux en Angleterre le tontoune. »

C'est comme ça qu'elle l'appelle depuis hier, le tontoune.

Lui alors à me regarder davantage il se mouille les yeux. Il m'aime quoi. Elle le regarde qu'il m'aime. On est bien tombés, pas d'erreur.

Le joli soleil des grandes occasions resplendit

des deux côtés du canal. C'est l'été qui nous fait la fête, qui nous accueille de ses ardeurs.

Encore une canette. On me veut du bien de tous les côtés. On se bafouille tous les trois dans la chaleur en se caressant les épaules et c'est l'affection de la belle amitié. Moi c'est devenu facile et naturel de bégayer, que j'ai l'air bien saoul. J'ai qu'à me laisser porter par mes phénomènes et mes petits souvenirs personnels, ça va tout seul. Je suis transposé en moins [*de*] deux dans le surréel avec mon torrent de musique à pression.

Il me passe la main dans les cheveux K. B. B. Purcell. Il s'amuse aussi. Tout va bien. L'Angèle elle tenait bien sa place quand même.

« Démerde-toi Ferdinand, qu'elle me souffle comme on se levait, on se carre dans deux jours. Dis à ta rognure que tu veux ta convalescence à Londres, que c'est lui ta famille, et qu'il s'occupe de toi. »

C'est entendu comme ça.

C'est vrai que j'avais tous les éléments. L'Angleterre ça me rappelait pas exactement des circonstances favorables mais c'était mieux quand même que ce qu'on m'avait [*fait*] déguster depuis.

« Gi ! » que je fais.

Je me sens content aussi, c'est moi qui les conduis tous les deux. On se traîne vers le halage bras dessus bras dessous, on se soutient. On va pas loin. Purcell entre nous deux. On se dépose dans le remblai plein d'herbe. D'ici on voit bien l'écluse où Cascade encore... Enfin... Son chant me vient à la bouche :

Je sais bien...
Que vous êtes jolie...
Que vos grands yeux pleins de douceur...

Il aimait bien m'entendre chanter Purcell. Il aimait tout de moi. Ça me fendait l'âme. J'ai pas pu donner plus de deux couplets. Il voulait tout apprendre Purcell, qu'on lui écrive.

C'est ce putain de canon qui n'en finissait pas. Quand il y en avait pas je m'en donnais pour moi tout seul. Encore aujourd'hui je peux me donner des coups de canon parfaitement imités. Elle a fini quand même la soirée.

« Embrasse-la, que j'ai fait à Purcell, embrasse-la », quand on s'est séparés.

Et je peux pas dire que c'était pas sincère. Y a des sentiments qu'on a tort de pas insister, ils rénoveraient le monde je le dis. On est victimes des préjugés. On n'ose pas, on n'ose pas dire Embrasse-la ! Ça dit tout pourtant, ça dit le bonheur du monde. C'était l'avis de Purcell aussi. On s'est quittés copains alors. Il était mon avenir Purcell, ma vie nouvelle. J'ai tout expliqué en rentrant à L'Espinasse. J'ai été la chercher au Virginal Secours exprès pour ça. Elle a fait une sale tétère. Alors j'ai parlé autrement... Dans la petite piaule je me suis défendu alors, pour la première fois de ma putain d'existence, sans doute. Y avait pas trois heures à perdre.

« Il me la faut, que j'ai fait. Il me la faut ou j'irai leur dire à la Place que vous bouffez les morts[1]. »

J'avais pas de témoins. C'était du culot. Elle aurait pu me faire passer quand même au tourniquet pour injures. Y aurait pas un seul pisseux de la salle Saint-Gonzef qui aurait témoigné pour moi. Ils avaient rien vu. Ils savaient rien c'était sûr. D'abord ils me détestaient avec ma médaille à la con et mes libertés acquises.

« Si tu me fais pas avoir six mois de perm, tu entends, six mois de permission bien entiers, j'ai plus rien à perdre moi... aussi vrai que je suis Ferdinand, je vais te trouver où que tu seras et je te fous mon sabre dans le bide qu'on aura du mal à l'enlever. T'as compris ? »

Et puis je l'aurais fait. J'avais mon avenir à défendre.

« Pour l'Angleterre ! que j'ai ajouté. Pour l'Angleterre.

1. Céline avait rayé ces cinq derniers mots que nous rétablissons pour une meilleure compréhension.

— Vous n'y songez pas Ferdinand ?

— J'y songe. J'y songe. Je ne songe qu'à ça.

— Que ferez-vous là-bas Ferdinand ?

— Occupe-toi de tes miches », que j'ai répondu comme Cascade.

C'était des drôles de façon de causer mais quand même elle a abouti.

Deux jours plus tard je suis parti pour Boulogne, avec une belle feuille de route. Je me méfiais à la gare. Je me méfiais à l'embarquement. C'était trop beau. Même mes bruits de torture ils devenaient excitants. Jamais j'avais rien entendu d'aussi particulièrement magnifique que la sirène du navire à travers de mon chahut. Il était là à quai pour moi le navire. Il soufflait le monstre. Purcell et la môme y devaient être déjà à Londres depuis le matin. Y avait pas la guerre à Londres. Le canon quand même on l'entendait plus. À peine, c'est-à-dire un ou deux *boum* de temps en temps bien rares, bien mous, là-bas plus loin que le dernier [clapot] de la ligne au ras de la mer, plus loin que le ciel on aurait dit.

Y avait des civils bien nombreux sur le bateau qui rassuraient, qui parlaient comme avant qu'on soye condamnés à mort, de choses et d'autres. Ils disposaient leurs petites affaires bien commodément pour la traversée. C'est étrange et bien touchant à voir le bateau, la sirène encore, le bon, le beau, le gros bateau. Il a trembloté de toute sa carcasse, il a frémi plutôt. La surface du bassin a frémi tout de suite pour de bon. On a glissé le long des docks tout noirs des jetées à *[un mot illisible]*. Les vagues sont arrivées. *Youp!* on a monté dessus. *Youp...* plus fort!... on est redescendus. Il pleuvait.

Soixante-dix francs que j'avais pour voyager je me souviens. Agathe les avait cousus dans ma poche avant de partir. Bonne Agathe quand même. On se retrouverait.

Les deux jetées sont devenues toutes minuscules au-dessus des mousses cavaleuses, pincées contre leur petit phare. La ville s'est ratatinée derrière. Elle a fondu dans la mer aussi. Et tout a basculé dans le décor des nuages et l'énorme épaule du large. C'était fini cette saloperie, elle avait [répandu] tout son fumier de paysage la terre de France, enfoui ses millions d'assassins purulents, ses bosquets, ses charognes, ses villes multichiots et ses fils infinis de frelons myriamerdes. Y en avait plus, la mer avait tout pris, tout recouvert. Vive la mer! Il n'était plus pour moi question de vomir. Je ne pouvais plus. J'avais tous les vertiges d'un bateau dans mon propre intérieur. La guerre m'avait donné aussi à moi une mer, pour moi tout seul, une grondante, une bien toute bruyante dans ma propre tête. Vive la guerre! La côte c'était fini d'abord, un petit liséré peut-être, très fin, tout près au bout du vent. À gauche du ponton là-bas, c'était encore les Flandres, on les voyait plus.

Destinée je l'ai jamais revue par le fait. J'ai jamais même eu de ses nouvelles. Les patrons de l'Hyperbole ont sûrement fait fortune alors ils l'ont virée. C'est drôle y a des êtres comme ça ils sont chargés, ils arrivent de l'infini, viennent apporter devant vous leur grand barda de sentiments comme au marché. Ils se méfient pas, ils déballent n'importe comment leur marchandise. Ils savent pas comment présenter bien les choses. On a pas le temps de fouiller dans leurs affaires forcément, on passe, on se retourne pas, on est pressé soi-même. Ça doit leur faire du chagrin. Ils remballent peut-être ? Ils gaspillent ? Je ne sais pas. Qu'est-ce qu'ils deviennent ? On n'en sait rien du tout. Ils repartent peut-être jusqu'à ce qu'il leur en reste plus ? Et alors où qu'ils vont ? C'est énorme la vie quand même. On se perd partout.

LE MANUSCRIT

Feuillets choisis

« Ces choses se passaient à l'hôpital de la Parfaite-Miséricorde le 22 janvier 1915 à Noirceur-sur-la-Lys »
Première séquence, feuillet 38.

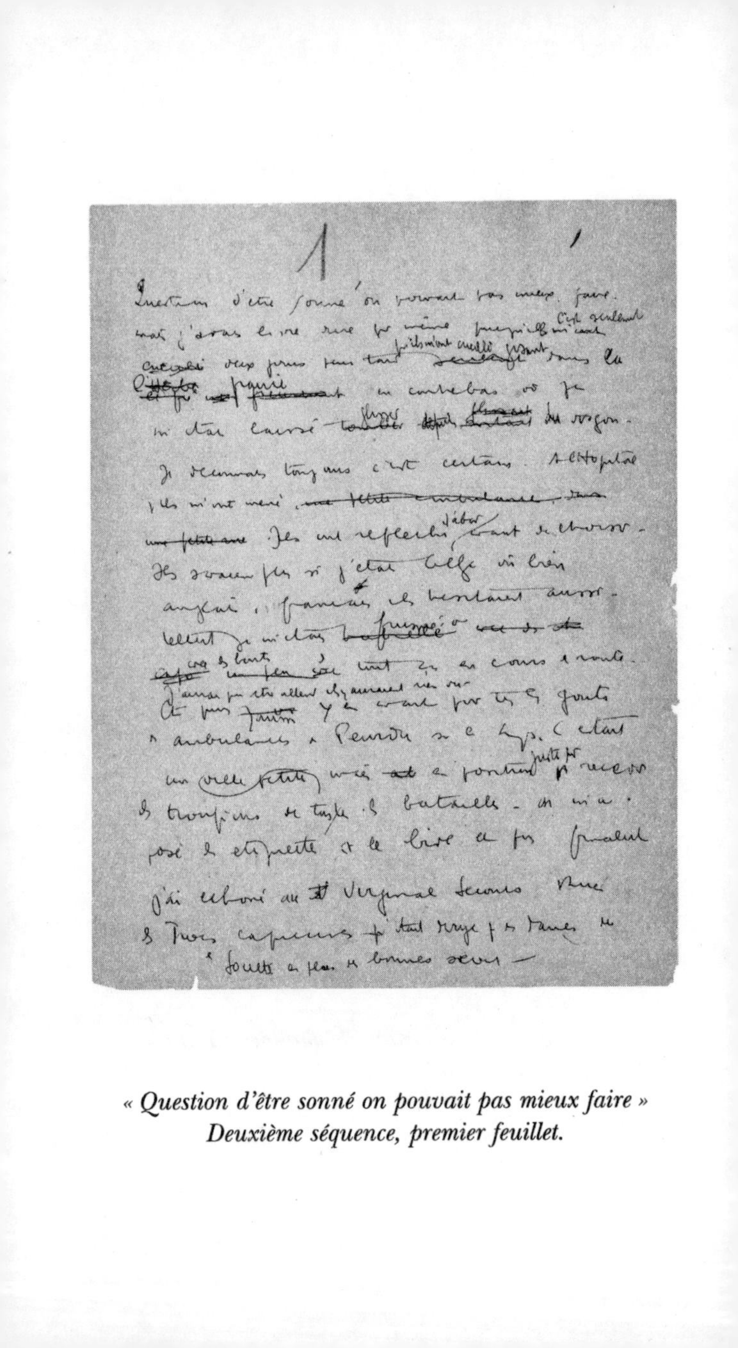

« Question d'être sonné on pouvait pas mieux faire »
Deuxième séquence, premier feuillet.

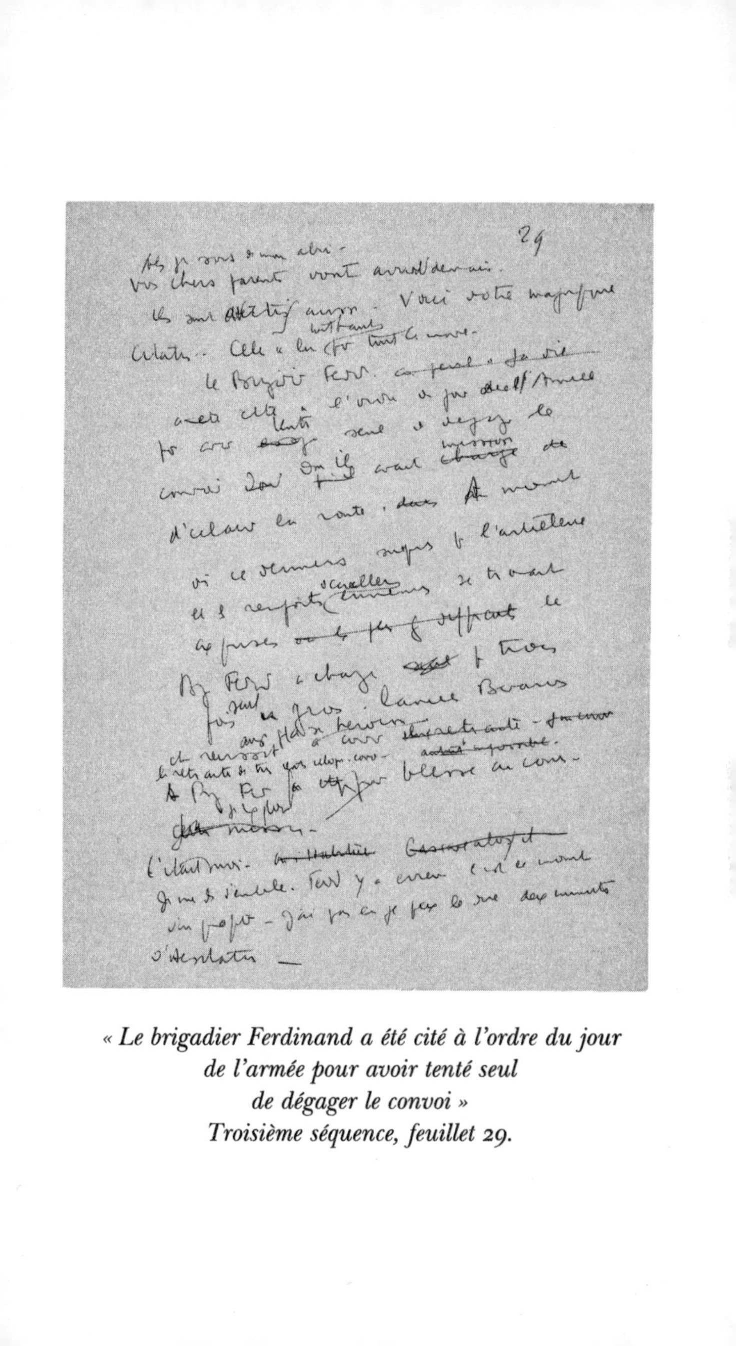

« Le brigadier Ferdinand a été cité à l'ordre du jour de l'armée pour avoir tenté seul de dégager le convoi »
Troisième séquence, feuillet 29.

3

A tant d'années passées le souvenir des choses, bien précisément, c'est un effort. Ce que les gens ont dit c'est presque tout des mensonges. Faut se méfier. C'est putain le passé ça fond dans la rêvasserie. Il prend des petites mélodies en route qu'on lui demandait pas. Il vous revient tout maquillé de fleurs et de repentirs en vadrouillant. C'est pas sérieux. Faut demander alors du vif secours à la bite, tout de suite, pour le retrouver. Seul moyen. Bander un coup féroce mais ne pas céder à la branlette. Non. Toute la force remonte au cerveau, comme on dit. Un coup de puritain, mais vite. Il en baise le passé, il se rend, un instant, avec toutes ses couleurs, ses noirs, ses clairs, les gestes mêmes précis des gens du souvenir tout surpris. C'est un saligaud, toujours saoul d'oubli le passé, et sournois qu'a vomi sur toutes vos vieilles affaires, rangées déjà, empilées, c'est à dire, [illegible], tout au bout râleux des jours, dans votre cercueil à vous, mort hypocrite. Mais après tout c'est mon affaire, voilà dans la réalité comment les choses se sont arrangées, ou plutôt défaites, une fois qu'a [illegible] l'Hôpital

« *C'est putain le passé, ça fond dans la rêvasserie* »
Cinquième séquence, premier feuillet.

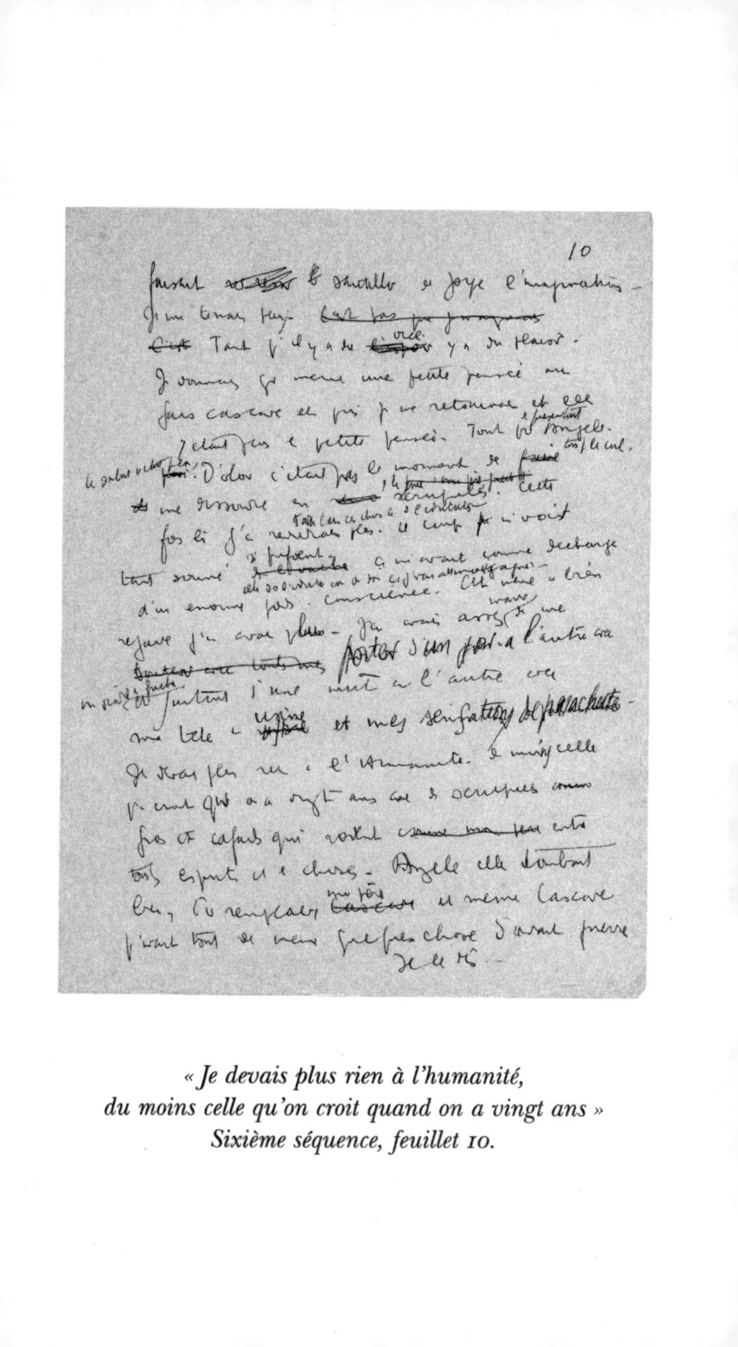

« Je devais plus rien à l'humanité,
du moins celle qu'on croit quand on a vingt ans »
Sixième séquence, feuillet 10.

APPENDICES

Guerre *dans la vie et l'œuvre de Louis-Ferdinand Céline*

« J'ai attrapé la guerre dans ma tête. » À elle seule, cette dernière phrase du premier feuillet du manuscrit retrouvé de *Guerre* résume ce qu'il représente à la fois dans la vie de Louis Destouches et dans l'œuvre de Louis-Ferdinand Céline. Toute sa vie, le médecin et écrivain répétera qu'il souffre des séquelles d'une blessure à la tête reçue en effectuant une mission pour son régiment le 27 octobre 1914. Quant aux répercussions de la Grande Guerre sur l'ensemble de son œuvre, y compris ses écrits polémiques, elles ont fait l'objet de nombreuses études. Cet aveu : « À présent je suis entraîné. Vingt ans, on apprend. J'ai l'âme plus dure, comme un biceps. Je crois plus aux facilités » donne à penser, même s'il avait vingt ans lors de ces événements, qu'il écrit vingt ans plus tard, soit en 1934.

S'il ne met pas en scène le cuirassier au combat, *Guerre* commence alors que son héros, Ferdinand, vient d'être blessé et qu'il se réveille, seul survivant, au milieu de ses camarades morts. Errant dans la campagne, il croise un soldat anglais avec qui il tente de rejoindre la ville d'Ypres. Après s'être évanoui, il se réveille dans un premier hôpital de campagne, une ambulance, comme on dit à l'époque, installée dans une église bientôt bombardée. Il est alors conduit en train dans un second hôpital militaire, dans une ville qu'il appelle Peurdu-sur-la-Lys, où il va être opéré. Ce séjour de plusieurs semaines occupe la majeure partie du récit et se termine par un embarquement pour Londres grâce à une prostituée, veuve d'un camarade de chambrée qui vient d'être fusillé. On connaît la suite des aventures de Ferdinand dans *Londres*, cet autre manuscrit retrouvé[1].

Le parallèle avec la biographie de l'écrivain est évident : Louis Destouches a effectivement été blessé en mission et a séjourné dans deux hôpitaux, à Ypres et à Hazebrouck, où il a été opéré. Deux blessures avérées. Il a été grièvement blessé au bras droit, ce qui lui a valu plusieurs interventions ; il a aussi subi un important choc à la tête, même s'il ne s'agit pas d'une blessure par balle comme il l'écrit ici tout à son exagération romanesque.

1. Louis-Ferdinand Céline, *Londres*, édition établie et présentée par Régis Tettamanzi, Gallimard, 2022.

En effet, le roman prend très vite le pas sur la réalité ; dans *Guerre*, même s'il est basé sur ces faits réels, le récit des événements qui se déroulent entre ses blessures et son départ pour Londres est manifestement très largement issu de son imagination. Les traits de caractère des personnages principaux – Bébert, qui devient Cascade, soldat blessé souteneur de profession, Mlle L'Espinasse, probablement inspirée de l'infirmière Alice David[1] à laquelle on prête une liaison avec Louis Destouches, et Angèle, prostituée et femme de Cascade – paraissent très fortement accentués. Enfin Louis Destouches ne part pas pour Londres à l'issue de son hospitalisation, il est transféré à l'hôpital du Val-de-Grâce et reste plusieurs mois à Paris avant de s'embarquer pour l'Angleterre. Cependant, de nombreux autres éléments de son récit font écho soit à sa vie soit au reste de son œuvre, principalement à *Voyage au bout de la nuit*, *Mort à crédit* et *Casse-pipe*.

« J'ai en moi mille pages de cauchemars en réserve, celui de la guerre tient naturellement la tête », écrit Céline à Joseph Garcin en 1930[2] alors qu'il rédige son premier roman. Mais si ce dernier commence par l'engagement de Ferdinand

1. Voir Pierre-Marie Miroux, *Céline : plein Nord*, Société d'études céliniennes, 2014.

2. Céline, *Lettres*, édition établie par Henri Godard et Jean-Paul Louis, Gallimard, 2009, p. 297 (« Bibliothèque de la Pléiade »).

Bardamu et sa participation à la guerre, ce ne sont en définitive que les quarante premières pages du livre. Bardamu commence à évoquer sa guerre en disant : « Ils nous firent monter à cheval et puis au bout de deux mois qu'on était là-dessus, remis à pied » – ce qui fait écho à la blessure du maréchal des logis Destouches, reçue alors qu'il mène à pied une mission, contrairement à la représentation qui sera donnée dans *L'Illustré national* du cuirassier à cheval en pleine action. Et le récit de cet épisode se termine par cette phrase : « Et puis il s'est passé des choses et encore des choses, qu'il est pas facile de raconter à présent, à cause que ceux d'aujourd'hui ne les comprendraient déjà plus[1]. » Quelques pages plus loin on apprend qu'il a été blessé et qu'il a reçu une médaille qu'on lui a apportée à l'hôpital. Il n'y est donc pas question de la mission qui lui valut sa blessure ni des semaines d'hôpital qui s'ensuivirent. C'est dans *Guerre* que l'on retrouve le héros dont on ne connaît que le prénom, Ferdinand, et la ville de Noirceur-sur-la-Lys, même si elle n'est qu'évoquée dans un feuillet du manuscrit[2], et on en déduit que le nom de Peurdu-sur-la-Lys en est dérivé. Y figurent également le cavalier Kersuzon,

1. Céline, *Voyage au bout de la nuit* dans *Romans 1932-1934*, Gallimard, 2023, p. 41 (« Bibliothèque de la Pléiade »).
2. Voir page 47.

qui meurt dans le *Voyage*, et que Ferdinand voit apparaître dans *Guerre* en compagnie d'autres camarades quand il délire; ainsi que le général Céladon des Entrayes, qui devient ici Métuleu des Entrayes, qui lui apparaît aussi dans *Guignol's band II* au cours d'une hallucination[1].

Les proximités de *Guerre* avec *Mort à crédit* sont plus nombreuses et renvoient directement à la vie du jeune Louis Destouches.

Ici, Ferdinand pense à ses séjours d'adolescent en Angleterre (« L'Angleterre ça me rappelait pas exactement des circonstances favorables mais c'était mieux quand même que ce qu'on m'avait [*fait*] déguster depuis »), qui ont été largement transposés par Céline dans *Mort à crédit*, et évoque ses difficultés à apprendre la langue anglaise (« Moi qu'avais pas voulu en cracher douze mots quand j'étais là-bas pour l'apprendre, je me mets à lui faire la conversation au mec en jaune »), alors qu'il parle au soldat anglais qu'il rencontre. Il se rappelle (« Ça me souvenait du temps où je faisais la place tout le long du boulevard avec mes ciselures pour le ma[*gasin*] que ça s'était si mal fini ») qu'il a été employé chez un bijoutier (Gorloge dans *Mort à crédit*, Wagner

1. Céline, *Romans 1936-1947*, édition établie par Henri Godard avec Pascal Fouché, Gallimard, 2023, p. 1091 (« Bibliothèque de la Pléiade »).

dans la réalité) spécialisé dans la ciselure, qu'il a dû quitter après s'être fait dérober un écrin.

Dans *Guerre*, les parents de Ferdinand tiennent un petit magasin au même passage des Bérésinas que dans *Mort à crédit*, et sa mère, qui s'appelle une fois Célestine et une fois Clémence comme dans le roman, fait commerce de dentelles. Ils viennent le voir à l'hôpital et sont reçus chez un confrère de son père : le père de l'écrivain est rédacteur à la compagnie Le Phénix, celui de Ferdinand agent d'une compagnie baptisée La Coccinelle comme dans *Mort à crédit.* Dans la réalité Paul Houzet de Boubers[1], devenu ici M. Harnache, rendait visite à Louis Destouches à l'hôpital et a accueilli ses parents quand ils se sont rendus au chevet de leur fils à Hazebrouck. Les cadeaux qu'ici ils apportent à l'hôpital font écho à celui apporté par les Destouches aux Houzet, attesté dans une lettre de remerciements de Mme Houzet à Marguerite Destouches[2].

Ferdinand fait également référence à la légère claudication de sa mère : « Elle boitait », « sa guibolle ignoble et maigre » mais aussi « Ma mère, avec sa jambe "de laine" comme elle

1. Voir ses lettres aux parents de Céline dans *Devenir Céline. Lettres inédites de Louis Destouches et de quelques autres 1912-1919*, édition et postface de Véronique Robert-Chovin, Gallimard, 2009.

2. *Devenir Céline*, *op. cit.*, p. 79.

disait, peinait pour gravir chaque étage[1] », dont on sait qu'elle correspond à la jambe atrophiée de Marguerite Destouches, séquelle probable d'une poliomyélite[2].

Contrairement aux relations de Louis Destouches avec ses parents, que l'on sait affectueuses depuis la parution de ses lettres de jeunesse[3], celles de Ferdinand avec les siens sont dans *Guerre* plus conflictuelles encore qu'elles ne le sont dans *Mort à crédit.* « Jamais j'ai vu ou entendu quelque chose d'aussi dégueulasse que mon père et ma mère », écrit-il, montrant une réelle virulence à leur égard.

Comme dans *Mort à crédit*, et là encore de manière très crue, le sexe est omniprésent dans *Guerre*, tant à l'hôpital qu'en ville, où Angèle exerce sa profession en racolant les soldats alliés en garnison. La chanson que chante Cascade, son souteneur mais aussi son mari, dans la quatrième séquence, *Je sais que vous êtes jolie*, est également utilisée par Céline dans *Mort à crédit*, *Guignol's band* et *Féerie pour une autre fois*.

Enfin, Céline fait plusieurs fois référence à *La*

1. C'était « Ma mère avec sa jambe en laine », dans *Mort à crédit* (*Romans 1936-1947*, *op. cit.*, p. 38).

2. François Gibault, *Céline. 1894-1932 : Le Temps des espérances*, Mercure de France, 1977, p. 32-33. Nouvelle édition : *Céline (1894-1961)*, Bouquins éditions, 2022, p. 20.

3. *Devenir Céline*, *op. cit.*

Volonté du Roi Krogold, dont on sait qu'elle a été écrite avant *Mort à crédit* puisqu'elle y est déjà citée. Ses principaux personnages – Gwendor, Joad, Thibaut et Wanda – apparaissent dans les deux textes. Une édition complète de *La Volonté* a été procurée en 2023 d'après les manuscrits retrouvés[1].

Casse-pipe, dont on ne connaît qu'une partie, même si des séquences viennent d'être retrouvées, s'inspire des deux ans que Louis Destouches a passés au 12e régiment de cuirassiers à Rambouillet. On a longtemps pensé que le *Guerre* dont Céline parlait dans ses lettres à Robert Denoël et Eugène Dabit de 1934[2] était en fait *Casse-pipe* – d'autant que dans « L'histoire de *Casse-pipe* », que Céline raconte en 1957[3], les soldats fracturent la caisse du régiment, ce qui amène l'adjudant désespéré à foncer au front tête baissée avec ses hommes, ce qui expliquerait qu'ils soient allés, comme on dit, au casse-pipe. On peut donc légitimement penser que la suite logique de *Casse-pipe* retracerait la mobilisation d'août 1914 et les trois mois passés au front jusqu'à la mission et les blessures

1. Louis-Ferdinand Céline, *La Volonté du Roi Krogold suivi de La Légende du Roi René, pages retrouvées, op. cit.*

2. « Enfance – La Guerre – Londres » dans une lettre à Eugène Dabit du 14 juillet 1934 (Céline, *Lettres, op. cit.*, p. 430-431) et « Enfance – Guerre – Londres » dans une lettre à Robert Denoël du 16 juillet 1934 (*Céline et les Éditions Denoël*, correspondances et documents présentés et annotés par Pierre-Edmond Robert, Imec Éditions, 1991, p. 63).

3. Voir *Casse-pipe* dans Céline, *Romans 1936-1947, op. cit.*, p. 729.

de l'auteur mais, malheureusement, cet épisode manque encore. Dans cette hypothèse *Guerre* viendrait à la suite et pourrait être la toute fin de *Casse-pipe*... Cela restera une théorie à moins qu'un jour ressurgisse un nouveau manuscrit qui vienne la confirmer ou l'infirmer. Cet épisode de la caisse du régiment est en tout cas évoqué trois fois dans *Guerre* : « Le souvenir de la sacoche du pognon », « Et puis j'ai pensé à la sacoche, à tous les fourgons [du régiment] bien pillés » et « Pour moi ils parlaient pas encore de la caisse du régiment qu'avait été bousillée aussi, fondue dans l'aventure, et pourtant c'était le plus grave en somme pour me coincer mieux ». Ce moment d'égarement des soldats explique que Ferdinand ait si peur des résultats de l'enquête devant le conseil de guerre alors même qu'il vient d'être récompensé pour sa bravoure.

Enfin, dans *Guerre*, Ferdinand annonce à la cantinière, Mme Onime : « Il est mort en brave » sans préciser de qui il parle, ce qui rend cette allusion incompréhensible. S'il est envisageable qu'il évoque son mari cantinier, on peut aussi faire le lien avec cette séquence de *Casse-pipe* dans laquelle la cantinière, Mme Leurbanne, envers qui Ferdinand a des dettes, est soupçonnée d'avoir une liaison avec le sous-officier Lacadent[1].

1. *Romans 1936-1947*, *op. cit.*, p. 721.

Mais *Guerre* préfigure également *Guignol's band.* Le nom de Cascade (dont le régiment d'origine varie : 70e, puis 392e et 418e), qui remplace tout à coup celui de Bébert au début de la troisième séquence, se retrouve dans *Guignol's band* même s'il ne peut s'agir du même personnage puisqu'il a été fusillé. Le Cascade de *Guignol's band,* dont la femme s'appelle également Angèle, est lui aussi un maquereau. Son neveu, Raoul Farcy (Roger, frère de Cascade, dans *Guignol's band II*), est lui aussi fusillé parce qu'il s'est mutilé volontairement, mais à la main gauche[1], nouveau point de similitude avec le personnage de *Guerre.*

Le présent manuscrit ayant disparu en 1944, au grand dam de son auteur, il est impossible de savoir ce que Céline en aurait fait. Mais tous ces éléments permettent de l'inscrire de façon cohérente dans son œuvre et dans la chronologie qui en forme la trame narrative. *Guerre* comble un vide sur un épisode capital de la vie et de l'œuvre de l'écrivain, avec un récit qui, s'il est de premier jet, est largement représentatif de son écriture.

PASCAL FOUCHÉ

1. *Romans III, op. cit.*, p. 268-269.

RÉPERTOIRE DES PERSONNAGES RÉCURRENTS

AGATHE, *voir* L'ESPINASSE (MLLE).

ANGÈLE : prostituée, femme de Cascade (Bébert) ; elle a dix-huit ans, dit Cascade, mais elle dira aussi qu'elle a deux ans de plus que Ferdinand qui doit avoir vingt ans. Son personnage, également présent dans *Londres,* préfigure l'Angèle, femme de Cascade Farcy, de *Guignol's band.*

BÉBERT (GONTRAN) : il devient Gontran Cascade et dit qu'il s'appelle en fait Julien Boisson. Il finit fusillé. Dans *Guignol's band,* un neveu de Cascade Farcy, Raoul (qui devient Roger, frère de Cascade), est fusillé parce qu'il s'est automutilé.

CASCADE, *voir* BÉBERT.

DES ENTRAYES, GÉNÉRAL ici prénommé MÉTULEU : colonel (alias général) Céladon des Entrayes dans *Voyage au bout de la nuit* et Des Entrayes dans *Guignol's band* et *Féerie pour une autre fois.*

FERDINAND : narrateur, double de Céline.

GWENDOR : personnage de *La Volonté du Roi Krogold,* prince félon de Christianie, tué par le Roi Krogold.

HARNACHE (M.) : agent d'assurances travaillant dans la même compagnie que le père de Ferdinand. Son modèle est Paul Houzet de Boubers, agent de la compagnie d'assurances Le Phénix, la compagnie du père de Céline, à Hazebrouck.

JOAD : personnage de *La Volonté du Roi Krogold*, amoureux de Wanda.

KERSUZON : cavalier, camarade de Ferdinand, tué au combat. On le retrouve dans *Voyage au bout de la nuit*, dans *Bagatelles pour un massacre*, et il sera un personnage central des séquences retrouvées de *Casse-pipe*.

KROGOLD : roi de la légende du même nom, connue par des extraits dans *Mort à crédit* mais qui fait partie des manuscrits retrouvés. Père de Wanda, il a une forteresse, Morehande, et a tué Gwendor.

LE CAM : cavalier, camarade de Ferdinand, tué au combat. On le retrouve dans *Casse-pipe*.

LE DRELLIÈRE : cavalier, probablement l'adjudant dont dépend Ferdinand, tué au combat.

L'ESPINASSE (MLLE) : infirmière à Peurdu-sur-la-Lys. Prénommée Aline, elle peut aussi être l'Agathe de la fin du récit. Probablement inspirée d'Alice David, l'infirmière d'Hazebrouck à laquelle on prête une liaison avec Céline.

MÉCONILLE : médecin major qui opère Ferdinand. Le médecin qui a opéré Céline à Hazebrouck s'appelait Gabriel Sénellart. Même si l'on est parfois tenté de lire Mécouille dans le manuscrit, c'est la graphie la plus probable.

MÈRE DE FERDINAND : appelée par son mari, père de Ferdinand, Célestine puis Clémence (comme dans *Mort à crédit*).

MORVAN : personnage de *La Volonté du Roi Krogold*; père de Joad, il est tué par Thibaut.

ONIME (MME) : cantinière. Dans *Casse-pipe*, la cantinière, Mme Leurbanne, est soupçonnée d'avoir une liaison avec l'adjudant Lacadent.

PÈRE DE FERDINAND : il travaille à La Coccinelle, comme M. Harnache, équivalent du Phénix, compagnie dans laquelle travaille Fernand Destouches.

PURCELL : le major Cecil B. Purcell K. B. B., ingénieur; client d'Angèle, c'est grâce à lui que celle-ci et Ferdinand partent à Londres. Il sera l'un des personnages de *Londres*.

THIBAUT : trouvère, personnage de *La Volonté du Roi Krogold*; il tue Morvan, père de Joad.

WANDA (PRINCESSE) : fille du Roi Krogold, personnage de *La Volonté du Roi Krogold*.

LEXIQUE DE LA LANGUE POPULAIRE, ARGOTIQUE, MÉDICALE ET MILITAIRE

Agonique : agonisant.

Ambulance : dans un contexte militaire, poste de secours ou hôpital de campagne pour blessés.

Autor (d'autor) : d'autorité, de sa propre initiative, sans discussion.

Badine : canne flexible et légère utilisée par les officiers anglais.

Barda : équipement du soldat; par extension : bagage encombrant.

Barrer : envoyer.

Bataillon : unité militaire regroupant plusieurs compagnies.

Baudrier : bande de cuir qui soutient l'épée ou le sabre.

Béquillard : qui se déplace avec des béquilles.

Berlue (avoir la berlue) : se faire une fausse idée.

Bicot : désignation péjorative des Maghrébins.

Bifet : bien qu'on utilise plutôt *biffe* ou *biffin* pour qualifier les soldats, Céline a bien écrit *bifet.*

Biffeton : mot formé par Céline à partir de *griveton* et *biffin* ou *bifet*; aussi billet de banque.

Biffin : militaire de l'infanterie.

Bitard, biteur : porté sur le sexe.

Blaire : nez.

Blanc gommé : mélange de vin blanc et de sirop de sucre dans le jargon du zinc.

Bobèche : lumière, par extension du terme désignant la pièce des chandeliers.

Bouffer : augmenter le volume sonore.

Bourre, bourrique : policier.

Bouzin : bruit, tapage.

Boyauter (se) : se tordre de rire.

Brigadier : dans la cavalerie, grade équivalent à celui de caporal dans l'infanterie.

Brise-bise : rideau empêchant l'air de passer au bas d'une fenêtre.

Caboulot : petit café à clientèle populaire.

Capote : manteau militaire.

Carabosser : meurtrir.

Carie : affection osseuse.

Carne : méchant, agressif.

Carrée : chambre.

Carrer (se) : s'en aller, se barrer, disparaître. Par extension, *carre ta gueule* : tiens-toi à l'écart.

Carte censure : carte postale en franchise utilisée pendant la guerre, soumise à la censure.

Charogne : ignoble individu.

Charre : fabulation.

Chasse (coup de chasse) : coup d'œil, regard.

Chasseur : cavalier militaire.

Chiard : enfant.

Chiots : cabinets.

Cogne : agent de police.

Coloniale : unité militaire stationnant dans les colonies.

Couic (pousser son couic) : mourir.

Courrière : femme chargée des dépêches.

Crabe : têtu, borné, ridicule.

Crasse : mauvais, méchant, méprisable.

Dégrouiller (se) : se dépêcher.

Dessalé : dégourdi, déluré.

Donneur, donneuse : délateur.

Doublard : deuxième (troisième, etc.) femme travaillant pour un souteneur.

Dragons : régiments se déplaçant à cheval mais combattant à pied.

Escadron : dans la cavalerie, unité regroupant plusieurs compagnies.

Fadé : réussi.

Fafiot : billet de banque.

Foiron : postérieur.

Fourgon-forge : véhicule militaire transportant une forge, qui accompagne un régiment de cavalerie.

Fourragère : fourgon militaire affecté au transport du fourrage.

Foutre son camp : s'en aller de façon précipitée.

Fumer : manifester sa colère.

Funèbre, funeste : personne qui inspire un sentiment de tristesse.

Gaffer : observer.

Gamelle : repas.

Garnison : unité militaire stationnée dans une ville.

Génie : composante de l'armée de terre.

Gi : d'accord.

Gonze : homme.

Goumier : soldat autochtone.

Gourer, s'en gourer : s'en douter, avoir des soupçons.

Gousse : lesbienne.

Grenadiers belges : unité d'infanterie de l'armée belge.

Griveton : soldat.

Horizon : couleur bleu-gris des uniformes ; par extension : soldat.

Kaki : couleur des uniformes militaires. Par extension, les soldats eux-mêmes.

Lazaret : bâtiment d'isolement des malades contagieux ou des morts.

Liquette : chemise.

Lourder : se débarrasser de quelqu'un.

Marmite : bombe à ailettes.

Mélasse : mélange indéfini.

Miché : client d'une prostituée.

Miches : seins.

Molletons : mollets.

Mouscaille : merde, boue.

Murer : frapper.

Myriamerdes : dix mille merdes.

Obusier : pièce d'artillerie tirant des obus.

Oignon : anus, cul.

Paillasse : matelas.

Papillon : bec de gaz.

Phéniqué : antiseptique dérivé du phénol.

Picolo : verre de vin ou d'alcool, dérivé de *picoler*.

Pilon : parasite.

Plâtrée : grande quantité.

Poilu : surnom des soldats de la Première Guerre.

Poire : tête.

Poirer : attraper, prendre.

Poisser : prendre.

Pompier : fellation.

Pontonnier : soldat spécialisé dans la construction des ponts.

Prolonge : châssis monté sur roues servant au transport militaire.

Pucier : lit.

Raccourcir : guillotiner.

Reluire : produire un orgasme.

Rencarder : renseigner.

Réserve : militaires réservistes.

Retourner (en) : se prostituer.

Rigodon : signal d'exercice de tir indiquant que la cible a été touchée.

Ripaton : pied.

Rognure : prostituée.

Rombière : femme, généralement d'âge mur, prétentieuse et ridicule.

Roméo : pénis.

Rosbeefs (rosbifs) : Anglais.

Rouscailler : rouspéter.

Saligaud : individu méprisable.

Sergent : premier grade des sous-officiers dans les armées de l'air et de terre.

Séton : drain pour soigner une plaie ; par extension s'applique à une blessure par arme blanche ou par balle présentant deux orifices.

Sidi : désignation péjorative des Maghrébins.

Singe : viande de bœuf en conserve.

Souquer : rudoyer.

Sucette : se dit du sexe masculin aussi bien que du féminin.

Tapin : prostituée.

Tasser : sodomiser.

Tétère : tête.

Timbrer : posséder sexuellement.

Tôle : chambrée.

Tourniquet : tribunal militaire.

Tringler : posséder sexuellement.

Tringlot : soldat du train.

Trique : bâton.

Trisser, se trisser : se sauver.

Trognon : tête, ou postérieur.

Trombiner, tromboner : posséder sexuellement.

Troufion : soldat.

Turne : chambrée, chambre.

Yeuter : regarder avec attention.

Zobar, zozo : pénis.

Zouave : soldat algérien dans l'infanterie coloniale.

Avant-propos, par François Gibault 9

NOTE SUR L'ÉDITION 21

GUERRE 25

LE MANUSCRIT. Feuillets choisis. 181

APPENDICES 189

Guerre *dans la vie et l'œuvre de Louis-Ferdinand Céline* 191

Répertoire des personnages récurrents 201

Lexique de la langue populaire, argotique, médicale et militaire 204

DU MÊME AUTEUR

Aux Éditions Gallimard

VOYAGE AU BOUT DE LA NUIT, *1re éd. Denoël & Steele, 1932,* 1952 (Folio nº 28 ; Folioplus classiques nº 60).

MORT À CRÉDIT, *1re éd. Denoël & Steele, 1936,* 1952 (Folio nº 1692).

GUIGNOL'S BAND, *1re éd. Denoël, 1944,* 1952 (Folio nº 2112, édition qui réunit en un seul volume GUIGNOL'S BAND et LE PONT DE LONDRES).

L'ÉGLISE, 1952.

SEMMELWEIS 1818-1865, 1952 (L'Imaginaire nº 406. Textes réunis par Jean-Pierre Dauphin et Henri Godard, préface de Philippe Sollers).

FÉERIE POUR UNE AUTRE FOIS, I, 1952 (Folio nº 2737, édition qui réunit en un seul volume FÉERIE POUR UNE AUTRE FOIS et NORMANCE. Préface d'Henri Godard).

NORMANCE (FÉERIE POUR UNE AUTRE FOIS, II), 1954 (Folio nº 2737, édition qui réunit en un seul volume FÉERIE POUR UNE AUTRE FOIS et NORMANCE. Préface d'Henri Godard).

ENTRETIENS AVEC LE PROFESSEUR Y, 1955 (Folio nº 2786).

D'UN CHÂTEAU L'AUTRE, 1957 (Folio nº 776).

BALLETS SANS MUSIQUE, SANS PERSONNE, SANS RIEN, 1959 (L'Imaginaire nº 442, édition augmentée de Pascal Fouché).

NORD, 1960 (Folio nº 851).

LE PONT DE LONDRES (GUIGNOL'S BAND, II), préface de Robert Poulet, 1964 (Folio nº 2112, édition qui réunit en un seul volume GUIGNOL'S BAND et LE PONT DE LONDRES).

RIGODON, préface de François Gibault, 1969 (Folio nº 481).

CASSE-PIPE suivi de CARNET DU CUIRASSIER DESTOUCHES, 1970 (Folio nº 666).

MAUDITS SOUPIRS POUR UNE AUTRE FOIS. Une version primitive de FÉERIE POUR UNE AUTRE FOIS, 1985 (L'Imaginaire nº 547, édition d'Henri Godard).

LETTRES À LA NRF (1931-1961), édition de Pascal Fouché, préface de Philippe Sollers, 1991 (Folio nº 5256).

LETTRES DE PRISON À LUCETTE DESTOUCHES ET À MAÎTRE MIKKELSEN (1945-1947), édition de François Gibault, 1998.

DEVENIR CÉLINE. Lettres inédites de Louis Destouches et de quelques autres, édition de Véronique Chovin, 2009.

LETTRES À HENRI MONDOR, édition de Cécile Leblanc, 2013.

GUERRE, édition de Pascal Fouché, 2022 (Folio nº 7276).

LONDRES, édition de Régis Tettamanzi, 2022.

LA VOLONTÉ DU ROI KROGOLD suivi de LA LÉGENDE DU ROI RENÉ, édition de Véronique Chovin, 2023.

Dans la Bibliothèque de la Pléiade

ROMANS. 1932-1934, édition d'Henri Godard, avec Pascal Fouché et Régis Tettamanzi, nº 157, 2023.

VOYAGE AU BOUT DE LA NUIT. APPENDICES : SÉQUENCES DU MANUSCRIT ET DU DACTYLOGRAMME – LETTRES À DES CRITIQUES – POSTFACE DE 1933 ET PRÉFACE DE 1949 – LE « VOYAGE » AU CINÉMA. *Textes retrouvés* : LA VOLONTÉ DU ROI KROGOLD – LA LÉGENDE DU ROI RENÉ. APPENDICES : LE ROI KROGOLD – DANS LE MANUSCRIT RETROUVÉ DE « MORT À CRÉDIT ». *Textes retrouvés* : [GUERRE] – LONDRES. AVANT-PROPOS – PRÉFACE – CHRONOLOGIE – NOTE SUR LE DACTYLOGRAMME CORRIGÉ DE « VOYAGE AU BOUT DE LA NUIT » – NOTE SUR LA PRÉSENTE ÉDITION – NOTICES, NOTES ET VARIANTES – VOCABULAIRE POPULAIRE ET ARGOTIQUE – RÉSUMÉ.

ROMANS. 1936-1947, édition d'Henri Godard, avec Pascal Fouché, nº 349, 2023.

MORT À CRÉDIT. APPENDICES : DIX SÉQUENCES DU ROMAN DANS LA VERSION DU MANUSCRIT RETROUVÉ – LETTRES À DES CRITIQUES – CASSE-PIPE (LE TEXTE DE 1948 ET DE 1958, SCÈNES RETROUVÉES). APPENDICES : L'HISTOIRE DE « CASSE-PIPE » RACONTÉE PAR CÉLINE EN 1957 – CARNET DU CUIRASSIER DESTOUCHES (1913) – LETTRE À ROGER NIMIER (1950) – LE BAPTÊME DU FEU DE 1914 RACONTÉ PAR CÉLINE EN 1939 – GUIGNOL'S BAND I – GUIGNOL'S BAND II [LE PONT DE LONDRES]. APPENDICES : « GUIGNOL'S BAND III » : DÉBUT DE LA RÉDACTION, SYNOPSIS ET FRAGMENT D'UNE SUITE – PRÉFACE – AVERTISSEMENT – NOTES SUR LES MANUSCRITS RETROUVÉS DE « MORT À CRÉDIT » ET DE « GUIGNOL'S BAND » – NOTICES, NOTES ET VARIANTES – VOCABULAIRE POPULAIRE ET ARGOTIQUE – RÉSUMÉ.

ROMANS. 1952-1955, édition d'Henri Godard, nº 403, 2023.

FÉERIE POUR UNE AUTRE FOIS I – FÉERIE POUR UNE AUTRE FOIS II [NORMANCE] – ENTRETIENS AVEC LE PROFESSEUR Y. APPENDICES : I. PREMIÈRE ESQUISSE DE « FÉERIE POUR UNE AUTRE FOIS » ET AUTRES FRAGMENTS TIRÉS DES « CAHIERS DE PRISON » – II-V. VERSIONS A, B, C ET D DE « FÉERIE POUR UNE AUTRE FOIS » – VI. VERSION B* DE « FÉERIE POUR UNE AUTRE FOIS » – VII-VIII. PREMIÈRE, DEUXIÈME ET TROISIÈME VERSIONS INTERMÉDIAIRES DE « FÉERIE POUR UNE AUTRE FOIS II » – IX. LA CHANSON « RÈGLEMENT » – X. FRAGMENT D'UNE PREMIÈRE VERSION DES « ENTRETIENS AVEC LE PROFESSEUR Y » – PRÉFACE – NOTE SUR LA PRÉSENTE ÉDITION – NOTICES, NOTES ET VARIANTES – VOCABULAIRE POPULAIRE ET

ARGOTIQUE – RÉPERTOIRE DES NOMS PROPRES ET DES TITRES MENTIONNÉS DANS L'APPAREIL CRITIQUE – RÉSUMÉ.

ROMANS. 1957-1961, édition d'Henri Godard, n° 252, 2023.

D'UN CHÂTEAU L'AUTRE – NORD – RIGODON. APPENDICES : LOUIS-FERDINAND CÉLINE VOUS PARLE – ENTRETIEN AVEC ALBERT ZBINDEN. PRÉFACE – COMPOSITION DE LA TRILOGIE – NOTICES, NOTES ET VARIANTES – VOCABULAIRE POPULAIRE ET ARGOTIQUE.

LETTRES. Choix de lettres de Céline et de quelques correspondants (1907-1961), édition d'Henri Godard et Jean Paul Louis, préface d'Henri Godard, n° 558, 2009.

Dans les Cahiers de la NRF

1. CÉLINE ET L'ACTUALITÉ LITTÉRAIRE (1932-1957). Édition de Jean-Pierre Dauphin et Henri Godard, 1976 et 1993.
2. CÉLINE ET L'ACTUALITÉ LITTÉRAIRE (1957-1961). Édition de Jean-Pierre Dauphin et Henri Godard, 1976 et 1993.
3. SEMMELWEIS ET AUTRES ÉCRITS MÉDICAUX. Édition de Jean-Pierre Dauphin et Henri Godard, 1977 et 1995.
4. LETTRES ET PREMIERS ÉCRITS D'AFRIQUE (1916-1917). Édition de Jean-Pierre Dauphin, 1978.
5. LETTRES À DES AMIES. Édition de Colin W. Nettelbeck, 1979 et 1997.
6. LETTRES À ALBERT PARAZ (1947-1957). Édition de Jean Paul Louis, 1981.
7. CÉLINE ET L'ACTUALITÉ (1933-1961). Édition de Jean-Pierre Dauphin et Pascal Fouché, préface de François Gibault, 1987 et 2003.
8. PROGRÈS suivi de ŒUVRES POUR LA SCÈNE ET L'ÉCRAN. Édition de Pascal Fouché, 1988.

9. LETTRES À MARIE CANAVAGGIA (1936-1960). Édition de Jean Paul Louis, 2007.

10. LETTRES À ALBERT PARAZ (1947-1957). Édition de Jean Paul Louis, 2007.

11. LETTRES À MILTON HINDUS (1947-1949). Édition de Jean Paul Louis, 2009.

12. LETTRES À PIERRE MONNIER (1948-1952). Édition de Jean Paul Louis, 2015.

13. CAHIERS DE PRISON (FÉVRIER-OCTOBRE 1946). Édition de Jean Paul Louis, 2019.

Dans la collection Écoutez lire

CORRESPONDANCES AVEC GASTON GALLIMARD (1 CD).

MORT À CRÉDIT (2 CD).

D'UN CHÂTEAU L'AUTRE (1 CD).

LUCHINI LIT CÉLINE. VOYAGE AU BOUT DE LA NUIT, MORT À CRÉDIT, LETTRES À LA NRF (1 CD).

GUERRE (1 CD).

LONDRES (1 CD).

Aux Éditions Futuropolis

VOYAGE AU BOUT DE LA NUIT, illustrations de Tardi, 2006.

CASSE-PIPE suivi de CARNET DU CUIRASSIER DESTOUCHES, illustrations de Tardi, 2007.

MORT À CRÉDIT, illustrations de Tardi, 2008.

COLLECTION FOLIO

Dernières parutions

7052. Bruno Le Maire	*L'ange et la bête. Mémoires provisoires*
7053. Philippe Sollers	*Légende*
7054. Mamen Sánchez	*La gitane aux yeux bleus*
7055. Jean-Marie Rouart	*La construction d'un coupable.* À paraître
7056. Laurence Sterne	*Voyage sentimental en France et en Italie*
7057. Nicolas de Condorcet	*Conseils à sa fille* et autres textes
7058. Jack Kerouac	*La grande traversée de l'Ouest en bus* et autres textes beat
7059. Albert Camus	*« Cher Monsieur Germain,... »* Lettres et extraits
7060. Philippe Sollers	*Agent secret*
7061. Jacky Durand	*Marguerite*
7062. Gianfranco Calligarich	*Le dernier été en ville*
7063. Iliana Holguín Teodorescu	*Aller avec la chance*
7064. Tommaso Melilli	*L'écume des pâtes*
7065. John Muir	*Un été dans la Sierra*
7066. Patrice Jean	*La poursuite de l'idéal*
7067. Laura Kasischke	*Un oiseau blanc dans le blizzard*
7068. Scholastique Mukasonga	*Kibogo est monté au ciel*
7069. Éric Reinhardt	*Comédies françaises*
7070. Jean Rolin	*Le pont de Bezons*
7071. Jean-Christophe Rufin	*Le flambeur de la Caspienne. Les énigmes d'Aurel le Consul*

7072. Agathe Saint-Maur	*De sel et de fumée*
7073. Leïla Slimani	*Le parfum des fleurs la nuit*
7074. Bénédicte Belpois	*Saint Jacques*
7075. Jean-Philippe Blondel	*Un si petit monde*
7076. Caterina Bonvicini	*Les femmes de*
7077. Olivier Bourdeaut	*Florida*
7078. Anna Burns	*Milkman*
7079. Fabrice Caro	*Broadway*
7080. Cecil Scott Forester	*Le seigneur de la mer. Capitaine Hornblower*
7081. Cecil Scott Forester	*Lord Hornblower. Capitaine Hornblower*
7082. Camille Laurens	*Fille*
7083. Étienne de Montety	*La grande épreuve*
7084. Thomas Snégaroff	*Putzi. Le pianiste d'Hitler*
7085. Gilbert Sinoué	*L'île du Couchant*
7086. Federico García Lorca	*Aube d'été* et autres impressions et paysages
7087. Franz Kafka	*Blumfeld, un célibataire plus très jeune* et autres textes
7088. Georges Navel	*En faisant les foins* et autres travaux
7089. Robert Louis Stevenson	*Voyage avec un âne dans les Cévennes*
7090. H. G. Wells	*L'Homme invisible*
7091. Simone de Beauvoir	*La longue marche*
7092. Tahar Ben Jelloun	*Le miel et l'amertume*
7093. Shane Haddad	*Toni tout court*
7094. Jean Hatzfeld	*Là où tout se tait*
7095. Nathalie Kuperman	*On était des poissons*
7096. Hervé Le Tellier	*L'anomalie*
7097. Pascal Quignard	*L'homme aux trois lettres*
7098. Marie Sizun	*La maison de Bretagne*
7099. Bruno de Stabenrath	*L'ami impossible. Une jeunesse avec Xavier Dupont de Ligonnès*
7100. Pajtim Statovci	*La traversée*
7101. Graham Swift	*Le grand jeu*

7102.	Charles Dickens	*L'Ami commun*
7103.	Pierric Bailly	*Le roman de Jim*
7104.	François Bégaudeau	*Un enlèvement*
7105.	Rachel Cusk	*Contour. Contour – Transit – Kudos*
7106.	Éric Fottorino	*Marina A*
7107.	Roy Jacobsen	*Les yeux du Rigel*
7108.	Maria Pourchet	*Avancer*
7109.	Sylvain Prudhomme	*Les orages*
7110.	Ruta Sepetys	*Hôtel Castellana*
7111.	Delphine de Vigan	*Les enfants sont rois*
7112.	Ocean Vuong	*Un bref instant de splendeur*
7113.	Huysmans	*À Rebours*
7114.	Abigail Assor	*Aussi riche que le roi*
7115.	Aurélien Bellanger	*Téléréalité*
7116.	Emmanuel Carrère	*Yoga*
7117.	Thierry Laget	*Proust, prix Goncourt. Une émeute littéraire*
7118.	Marie NDiaye	*La vengeance m'appartient*
7119.	Pierre Nora	*Jeunesse*
7120.	Julie Otsuka	*Certaines n'avaient jamais vu la mer*
7121.	Yasmina Reza	*Serge*
7122.	Zadie Smith	*Grand Union*
7123.	Chantal Thomas	*De sable et de neige*
7124.	Pef	*Petit éloge de l'aéroplane*
7125.	Grégoire Polet	*Petit éloge de la Belgique*
7126.	Collectif	*Proust-Monde. Quand les écrivains étrangers lisent Proust*
7127.	Victor Hugo	*Carnets d'amour à Juliette Drouet*
7128.	Blaise Cendrars	*Trop c'est trop*
7129.	Jonathan Coe	*Mr Wilder et moi*
7130.	Jean-Paul Didierlaurent	*Malamute*
7131.	Shilpi Somaya Gowda	*« La famille »*
7132.	Elizabeth Jane Howard	*À rude épreuve. La saga des Cazalet II*

7133. Hédi Kaddour — *La nuit des orateurs*
7134. Jean-Marie Laclavetine — *La vie des morts*
7135. Camille Laurens — *La trilogie des mots*
7136. J.M.G. Le Clézio — *Le flot de la poésie continuera de couler*
7137. Ryoko Sekiguchi — *961 heures à Beyrouth (et 321 plats qui les accompagnent)*
7138. Patti Smith — *L'année du singe*
7139. George R. Stewart — *La Terre demeure*
7140. Mario Vargas Llosa — *L'appel de la tribu*
7141. Louis Guilloux — *O.K., Joe !*
7142. Virginia Woolf — *Flush*
7143. Sénèque — *Tragédies complètes*
7144. François Garde — *Roi par effraction*
7145. Dominique Bona — *Divine Jacqueline*
7146. Collectif — *SOS Méditerranée*
7147. Régis Debray — *D'un siècle l'autre*
7148. Erri De Luca — *Impossible*
7149. Philippe Labro — *J'irais nager dans plus de rivières*
7150. Mathieu Lindon — *Hervelino*
7151. Amos Oz — *Les terres du chacal*
7152. Philip Roth — *Les faits. Autobiographie d'un romancier*
7153. Roberto Saviano — *Le contraire de la mort*
7154. Kerwin Spire — *Monsieur Romain Gary. Consul général de France*
7155. Graham Swift — *La dernière tournée*
7156. Ferdinand von Schirach — *Sanction*
7157. Sempé — *Garder le cap*
7158. Rabindranath Tagore — *Par les nuées de Shrâvana* et autres poèmes
7159. Urabe Kenkô et Kamo no Chômei — *Cahiers de l'ermitage*
7160. David Foenkinos — *Numéro deux*
7161. Geneviève Damas — *Bluebird*
7162. Josephine Hart — *Dangereuse*
7163. Lilia Hassaine — *Soleil amer*
7164. Hervé Le Tellier — *Moi et François Mitterrand*
7165. Ludmila Oulitskaïa — *Ce n'était que la peste*
7166. Daniel Pennac — *Le cas Malaussène I Ils m'ont menti*

7167. Giuseppe Santoliquido *L'été sans retour*
7168. Isabelle Sorente *La femme et l'oiseau*
7169. Jón Kalman Stefánsson *Ton absence n'est que ténèbres*
7170. Delphine de Vigan *Jours sans faim*
7171. Ralph Waldo Emerson *La Nature*
7172. Henry David Thoreau *Sept jours sur le fleuve*
7173. Honoré de Balzac *Pierrette*
7174. Karen Blixen *Ehrengarde*
7175. Paul Éluard *L'amour la poésie*
7176. Franz Kafka *Lettre au père*
7177. Jules Verne *Le Rayon vert*
7178. George Eliot *Silas Marner. Le tisserand de Raveloe*
7179. Gerbrand Bakker *Parce que les fleurs sont blanches*
7180. Christophe Boltanski *Les vies de Jacob*
7181. Benoît Duteurtre *Ma vie extraordinaire*
7182. Akwaeke Emezi *Eau douce*
7183. Kazuo Ishiguro *Klara et le Soleil*
7184. Nadeije Laneyrie-Dagen *L'étoile brisée*
7185. Karine Tuil *La décision*
7186. Bernhard Schlink *Couleurs de l'adieu*
7187. Gabrielle Filteau-Chiba *Sauvagines*
7188. Antoine Wauters *Mahmoud ou la montée des eaux*
7189. Guillaume Aubin *L'arbre de colère*
7190. Isabelle Aupy *L'homme qui n'aimait plus les chats*
7191. Jean-Baptiste Del Amo *Le fils de l'homme*
7192. Astrid Eliard *Les bourgeoises*
7193. Camille Goudeau *Les chats éraflés*
7194. Alexis Jenni *La beauté dure toujours*
7195. Edgar Morin *Réveillons-nous !*
7196. Marie Richeux *Sages femmes*
7197. Kawai Strong Washburn *Au temps des requins et des sauveurs*
7198. Christèle Wurmser *Même les anges*
7199. Alix de Saint-André *57 rue de Babylone, Paris 7e*
7200. Nathacha Appanah *Rien ne t'appartient*

Tous les papiers utilisés pour les ouvrages des collections Folio sont certifiés et proviennent de forêts gérées durablement.

Composition : PCA / CMB
Impression Maury Imprimeur
à Malesherbes
le 20 septembre 2023
Dépôt légal : septembre 2023
N° d'impression : 272933

ISBN : 978-2-07-302297-4 / Imprimé en France

594164